Corações em Festa

Uma novela da série Os Irmãos Kelly
(Os Irmãos Kelly, Livro 8)
de
Crista McHugh

Copyright 2016 Crista McHugh
Translated by Lucy Machado
Cover Art by Jaycee Deloranze
ISBN 978-1-946620-29-3

Capítulo 1

Rupert Bates ajustou a gravata e respirou fundo.

Mantenha-se focado, calmo e sob controle.

Infelizmente, suas mãos suadas o traíram e revelaram que ele estava longe da calma e do autocontrole. Pelo menos, ele ainda tinha o foco, mesmo que questionasse a sua convicção.

Ele fechou a mão em um punho e bateu três vezes na porta à sua frente.

Acalme-se.

Então, um sorriso luminoso acabou com a sua determinação.

Maureen Kelly era a perfeição feminina em forma humana. Inteligente. Confiante. Gentil. Linda, capaz de fazê-lo perder o fôlego cada vez que a via.

E hoje não era uma exceção.

"Rupert," ela disse, subindo o tom de voz levemente para demonstrar seu prazer genuíno ao encontrá-lo na porta, "que surpresa."

Sua gravata pareceu se apertar em torno do pescoço como uma forca, sufocando todas as coisas que ele queria dizer a ela.

Ela abriu a porta completamente. "Entre antes que o vento o leve."

De alguma forma, depois de alguns passos, ele conseguiu recuperar a voz. Falar sobre o clima sempre era uma boa opção para quebrar o gelo. "Não chega a ser um vendaval."

"Não, mas está bem gelado." Ela olhou para o céu nublado. "Estou achando que vamos ter alguns centímetros de neve esta noite."

"É típico para esta época do ano." Ele entrou na casa aconchegante e alegre em Highland Park que havia visitado centenas de vezes durante mais de 20 anos em que trabalhou para a família Kelly. E como em todas as visitas recentes, 40 quilos de pelo branco pularam em cima dele.

"Jasper!" Maureen gritou, puxando seu Cão dos Pirineus pela coleira. "Cachorro mau! Quantas vezes eu tenho que dizer para você não pular nas pessoas?"

O cachorro apenas sacudiu a cauda e olhou para ela com o que pareceu ser um olhar de adoração total, sua língua balançando fora da boca aberta.

Rupert sentiu uma pitada de inveja de Jasper. Ele provavelmente teria a mesma expressão de adoração se não fossem os anos mantendo a postura pomposa britânica de repressão emocional que havia sido imposta a ele desde quando era um menino em Exeter. Ele tirou seu casado de lã grosso e o dobrou sobre o braço.

"Você pode ficar para tomar uma xícara de chá?" Antes que ele pudesse responder, Maureen pegou seu casado e o pendurou no armário ao lado da porta. "Eu acabei de comprar uma lata de Assam."

O chá favorito dele. Ela sabia disso, exatamente como sabia como ele gostava de tomar o chá—com um simples toque de leite. "Eu realmente não quero atrapalhar—"

"De jeito nenhum." Ela já estava à caminho da cozinha. "Eu adoro uma boa companhia."

Ele a seguiu até a enorme cozinha profissional. Há uma década, a cozinha havia sido o ponto central de uma família com sete meninos ativos. Agora, ela parecia cavernosa e vazia, pertencendo apenas à mulher que morava ali sozinha. Não era de se estranhar que ela quisesse companhia.

Maureen derramou a água quente de uma torneira especial próxima da pia dentro de um bule e mediu as folhas de chá antes de adicioná-las ao bule. "Enquanto o chá está descansando, o que o traz até aqui?"

Se ele tivesse a coragem, teria respondido alegremente que a visita era puramente social, mas felizmente, ele tinha o pretexto do trabalho para protegê-lo. Ele pegou o arquivo de dentro da pasta e o colocou sobre o balcão de granito. "Eu queria discutir a propriedade de Humboldt Park."

"Ela ainda é nossa?" Maureen pegou seus óculos de leitura no quarto ao lado e examinou os documentos.

"Sim, e é por isso que eu queria conversar com você. Adam tem planos para a casa."

"Que planos?" Ela parou de ler por alguns momentos para servir as xícaras de chá, adicionando um toque de leite na dele.

"Ele quer derrubá-la e construir um prédio residencial."

Maureen se engasgou com o chá. "Ele quer o quê?"

Ele fingiu não notar o deslize incomum e mostrou a ela o desenho de uma estrutura ultramoderna, feita por um arquiteto, que comportaria seis apartamentos de alto nível. "A área se valorizou muito nos últimos anos, e ele acha que nós deveríamos tirar vantagem disso."

"Um prédio residencial faria sentido na cidade, mas não aqui." Ela examinou os papéis até encontrar o que estava procurando. "Essa casa foi construída em 1893. Ela deveria estar registrada como uma casa histórica."

"Eu concordo." Ele tomou um gole do chá, saboreando a perfeição que ela havia conseguido criar na xícara. "Mas os últimos inquilinos deixaram a propriedade em mau estado, e Adam acha que seria mais fácil demolir a casa e começar do zero."

"Mas eu amo essa casa. Ela tem tanta personalidade." Ela pegou uma foto do exterior da casa e apontou para os detalhes. "Veja o trabalho de alvenaria no pórtico."

"Sim, mas veja o interior da casa." Ela pegou as fotos do desastre deixado pelos inquilinos. Pisos quebrados. Fezes de ratos. Superfícies cobertas de sujeira na cozinha e nos banheiros. Painéis e janelas quebrados. Marcas de água no teto. "Teríamos que refazer o prédio inteiro para torná-lo habitável de novo."

"Então é isso que devemos fazer," ela respondeu em um tom que não deixou espaço para discussões.

"Mas," ele respondeu, pegando um mapa da comunidade, "nós vimos um crescimento nas propriedades comerciais naquela rua, e com um terreno de esquina—"

"Eu disse não. Me recuso a permitir que Adam destrua uma casa histórica."

Era o que ele havia suspeitado, e por isso havia escolhido o dia de hoje para consultar a verdadeira dona do imóvel, ignorando Adam. Quando Michael Kelly morreu, há cinco anos, ele deixou tudo para a sua esposa, Maureen. Adam podia ser o rosto da Imobiliária Kelly, mas a sua mãe ainda tinha a última palavra quando o assunto era as propriedades da família.

Ela tamborilou os dedos no balcão. "A estrutura do prédio ainda está sólida?"

"Sim. Nós substituímos o teto por telhas arquitetônicas de longa duração há menos de oito anos. O encanamento e a fiação ainda estão em funcionamento e de acordo com a lei. Não há nenhuma evidência de danos causados por cupins, mas, como você pode ver nas fotos, existem ratos."

"Então, ela não corre o risco de ser condenada."

"Correto, mas Adam tem medo que os próximos inquilinos sejam tão destrutivos quando os anteriores." Jasper se posicionou entre eles, fazendo Rupert acariciar a cabeça do cão em reconhecimento. "Um novo prédio residencial teria um preço alto e atrairia pessoas de alta renda."

"Por que ele simplesmente não vende o lugar para alguém que quiser restaurar a casa?"

"Porque o lucro seria mínimo."

Ela tomou um gole do chá e estudou o mapa. "A área ainda é considerada de risco?"

"Sim e não. West Town teve um crescimento significativo nas áreas residenciais e de restaurantes na última década, e isso está se refletindo em Humboldt Park."

"Expulsando os moradores de baixa renda no processo." Ela colocou a xícara no balcão e descansou o queixo sobre o punho, como sempre fazia quando se concentrava em seus pensamentos. "Se uma casa está registrada como casa histórica e está em boas condições, seria muito difícil demoli-la, não é?"

"Haveria muita burocracia para obter as permissões necessárias."

"O que adiaria o projeto de apartamentos modernos de Adam." Ela bateu com uma unha elegantemente pintada no rosto. "Talvez seja hora de eu adicionar alguns obstáculos aos planos dele."

Rupert riu por detrás da xícara. Era o que ele esperava que ela fizesse, por isso havia decidido visitá-la. Os dois nutriam o mesmo amor por casas históricas. "Devo contar a ele sobre a sua decisão?"

"Ainda não," ela disse, com um sorriso conspiratório igual ao dele. "Vamos agir antes que ele tenha a chance de protestar."

"Muito bem." Ele juntou os documentos e os recolocou na pasta. Agora que os negócios já haviam sido discutidos, seu coração bateu com ainda mais força. O decoro exigia que ele voltasse para o escritório e lidasse com a lista infinita de tarefas que precisava concluir. Seu coração, no entanto, desejava poder ficar na cozinha com ela.

"Rupert?"

A pergunta dela o pegou de surpresa, e ele gaguejou, "Sim?"

"Eu agradeço muito por você ter vindo até aqui me informar desse assunto."

"Eu estava perto daqui."

"Mentiroso. Highland Park é bem longe do centro."

"Eu já estava voltando de lá," ele argumentou antes de enfiar a mão dentro do bolso do terno londrino. "Além disso, eu encontrei esta estratégia de bridge e achei que você gostaria de vê-la."

Ela pegou o pedaço de papel com a mesma ansiedade de uma criança recebendo um presente de Natal. "Isto é incrível! Muito obrigada, Rupert."

O beijo no seu rosto o pegou de surpresa. O coração dele pulou com intensidade renovada, e sua boca secou. "Eu lhe garanto que não foi problema algum."

"Mas você está sempre fazendo pequenas coisas gentis como essa para mim."

Ele queria dizer que fazia isso porque a amava em segredo, mas novamente, o medo venceu. Afinal, ela era a chefe dele. "Eu sei o quanto você ama o jogo."

"Ela não poderia ter vindo em uma hora melhor. Emilia e eu temos um torneio de fim de semana chegando e—" Ela parou e olhou para ele, com uma expressão que ia de perplexidade a curiosidade, a algo que ele não conseguia identificar totalmente. Fosse o que fosse, já era suficiente para fazê-lo ter a esperança de que ela estivesse vendo-o como mais do que um amigo. "Mais uma vez, obrigada," ela disse suavemente.

"Sem problemas," ele respondeu, com a voz ainda cheia de medo.

Ele voltou rapidamente à sua zona de conforto. "Você quer que eu marque uma visita para que você possa ver a propriedade?"

"Isso seria ótimo."

"Quando você estará disponível?"

"Qualquer dia desta semana." Ela olhou ao seu redor, para a cozinha vazia. "Eu não tenho mais que levar ninguém para as aulas de futebol."

Ele pegou seu telefone, lutando contra a vontade de segurá-la nos braços e consolá-la. "Eu tenho um horário vago na minha agenda, quinta-feira, às 10h."

"Acho que pode ser. Essa tempestade deve ter passado até lá."

"Mas eles estão prevendo uma tempestade ainda mais forte para este fim de semana." O assunto reconfortante do clima aliviou a insegurança dele novamente. "Você pode ter que rever a sua ida ao torneio de bridge se as estradas estiverem fechadas."

Ela respondeu com uma risada de desdém. "Nem uma nevasca me impediria de ir."

Ele riu enquanto adicionava o compromisso à sua agenda. O amor de Maureen pelo bridge era quase lendário. "Então eu espero que aquela estratégia seja útil."

"Tenho certeza de que será." Ela apontou para o bule. "Quer mais um pouco de chá para levar?"

"Sim, obrigado."

Maureen colocou o resto do chá em uma garrafa térmica de inox e adicionou o leite. "Prontinho."

Ele não pegou a garrafa imediatamente. "Eu fico fascinado com o fato de que você sempre se lembra exatamente de como eu gosto do meu chá."

"Eu sei como o chá é importante para vocês, ingleses pomposos, por isso, eu trato o assunto com o máximo de respeito," ela brincou. "Além disso, depois de 20 anos, é fácil lembrar das preferências de um amigo."

Amigo. A palavra apertou o peito dele com a brutalidade de um esquartejamento.

Ele pegou a garrafa térmica e a agradeceu novamente antes de ir em direção à porta da frente, com Jasper seguindo de perto. "Eu preciso voltar para o escritório antes que o Adam volte do seu compromisso. Eu odiaria que ele pensasse que eu estava fazendo algo pelas costas dele."

Aquele sorriso conspiratório retornou ao rosto de Maureen enquanto pegava o casaco dele. "Naturalmente. Enquanto isso, eu vou ligar para o responsável local e ver se podemos acelerar o processo de declaração da casa como um local histórico."

"Ótimo." Ele vestiu o casaco e se preparou para enfrentar os ventos gelados que haviam ficado mais fortes durante a sua curta visita. "Até quinta, então."

"Até, e dirija com cuidado." Ela segurou Jasper pela coleira para impedi-lo de se "despedir" de Rupert, o que geralmente significava uma lambida úmida e uma cobertura de pelos brancos, o equivalente moderno de uma tortura medieval, mas com afeto.

Felizmente, ele sempre carregava sua escova de roupa no carro quando visitava Maureen. Ela amava tanto o cão que ele não se importava de sair coberto de pelos ocasionalmente. Ele acariciou as orelhas de Jasper antes de levantar a cabeça e voltar à sua realidade.

Um dia, eu vou dizer a ela o que eu sinto.

Mas não hoje.

Ele passou a viagem de volta inteira repreendendo a si mesmo pela sua covardia.

Capítulo 2

"O quê??" Adam Kelly perguntou, incrédulo.

Lia, sua esposa há mais de dois anos, entrelaçou seus dedos nos dele e o segurou em um aperto reconfortante. O alívio em seu rosto era o oposto do choque que tensionava cada músculo do corpo dele.

A médica sentada à sua frente parecia estar igualmente relaxada. "Eu disse que o seu sêmen revelou a causa da dificuldade em engravidar. Você tem uma contagem de espermatozoides baixa, Sr. Kelly."

"Mas, mas, mas…" Ele gaguejou, repetindo a palavra sem parar enquanto tentava processar a notícia. Depois de dois anos tentando começar uma família, Lia havia procurado a ajuda de uma especialista em fertilidade para descobrir por que ainda não havia engravidado. Ele sempre imaginou que o problema fosse o ritmo acelerado do trabalho dela, ou alguma outra razão. Ele nunca suspeitou que poderia ser a causa. "Mas o meu pai teve sete filhos."

"Sim, mas você não é o seu pai." A Dra. Upshaw, uma mulher negra de meia idade que falava com uma mistura de confiança inteligente e franqueza impaciente, entregou uma pilha de papéis a ele com vários resultados de exames. "A Sra. Kelly está totalmente saudável. Seus ciclos estão regulares. Seus níveis hormonais são o que deveriam ser para uma mulher da idade dela. Seu útero e ovários estão normais no ultrassom. A única anormalidade que encontramos foi com o senhor."

Ele tremeu por dentro ao ouvi-la se referir a ele como uma "anormalidade". Sua vida toda, ele quis ter uma família grande como a que havia tido na infância. Levou algum tempo, mas ele finalmente casou-se com a mulher dos seus sonhos, apenas para sofrer uma pequena decepção a cada mês, quando descobria que suas esperanças haviam sido adiadas novamente.

"Como você pode ver, Sr. Kelly, uma contagem espermática normal para um homem da sua idade é de pelo menos 15 milhões por mililitro. A sua é de nove milhões."

"Então, ela está só um pouco baixa, não é?" O suor brotava na sua nuca. Todo este tempo, ele havia achado que o problema era Lia. Mas a culpa era dele.

"Baixa o bastante para causar um problema de concepção." Ela produziu uma pilha de panfletos. "A boa notícia é que ainda é possível que você tenha filhos. Eu tenho algumas informações sobre as causas e o tratamento para a contagem espermática baixa—"

Ele tremia sempre que ela mencionava o diagnóstico.

"—juntamente com algumas informações sobre fertilização in vitro, que é uma opção muito viável para vocês dois."

Agora, era a vez de Lia tremer. Quando decidiram procurar a ajuda de uma especialista em fertilidade, ela esperava que eles não precisassem considerar esta opção.

"É temporário? É reversível?" ele perguntou, desesperado.

"Sim e sim."

"Então, o que eu preciso fazer?"

"Nós podemos começar fazendo uma análise da sua anatomia para verificar que não existe um bloqueio físico baixando os seus números."

Adam resistiu à vontade de cobrir o seu zíper. Ele não fazia ideia do que a análise significava, mas sabia qual anatomia seria examinada no processo.

"Depois disso, aqui estão algumas outras coisas a considerar." A Dra. Upshaw listou cada sugestão, usando os dedos para contar. "Menos estresse. Menos tempo sentado. Fique longe de saunas e banheiras. Diminua o consumo de álcool. E, finalmente, tente usar cuecas boxer."

Ele ainda estava focado na ideia dos exames que fariam nele.

Lia pareceu sentir a ansiedade de Adam e pegou os panfletos. "Muito obrigada, Dra. Upshaw. Parece que precisamos ler bastante e discutir sobre algumas coisas."

"Claro. Depois me informe o que vocês decidiram fazer." A médica apertou as mãos dos dois e os acompanhou até a porta.

Adam não falou até os dois entrarem no carro. "Eu não consigo acreditar."

"Está tudo bem, Adam."

"Não, não está." No seu interior, ele sabia que o machismo estava tomando conta dele, mas sentia que, de alguma forma, a sua masculinidade havia sido diminuída naquele consultório. Baixa contagem de espermatozoides. O que viria depois? Baixa testosterona?

"E daí que estão faltando alguns dos seus nadadores?" Lia disse, de maneira casual.

Era fácil para ela dizer isso. Ela não era a "anormal".

"Como ela disse, isso pode ser revertido, e você tem ficado muito tempo na sauna da academia recentemente. É só evitar lugares quentes e usar cuecas boxer por algumas semanas. Depois disso, os seus números irão subir."

Ela fez tudo parecer tão simples, tão fácil. Mas seu comentário fez pouco para aliviar a raiz da ansiedade dele. "E se não subir?"

Lia suspirou e olhou pela janela. "Então, eu acho que nós vamos ter que tentar a FIV."

O tom dela deixou claro para ele que isso era a última coisa que ela queria. "Se for complicado demais—"

"Não é. O difícil será encontrar o tempo para fazer tudo. Quer dizer, a sua parte é fácil. Tudo o que você tem que fazer é gozar em um copo. É o meu corpo que será invadido múltiplas vezes, sou eu quem terá que tomar hormônios que irão mexer com o meu humor, sou eu quem terá que carregar um filho enquanto tenta administrar o La Arietta e abrir um novo restaurante em Lincoln

Park."

Ele absorveu as palavras dela e percebeu que estava exigindo demais. Se ela estava disposta a passar por tudo isso por ele, então ele poderia passar pela análise anatômica que a Dra. Upshaw havia recomendado e se contentar com boxers e nada de saunas por alguns meses. "Deixe-me fazer a minha parte antes de passarmos para isso."

O sorriso dela revelou a sua gratidão. "Obrigada, Adam. Se pudermos pelo menos esperar até que o novo restaurante esteja aberto…"

"Esperamos até agora para começar uma família. Mais alguns meses não devem fazer diferença." Mas, mesmo enquanto dizia as palavras, uma sensação de tristeza encheu o seu peito. Seus irmãos estavam tendo filhos e, entre todos eles, Adam era o que mais queria filhos.

E, de acordo com a Lei de Murphy, era ele quem estava tendo mais dificuldades em começar uma família.

Ele entrou na garagem do seu prédio na Avenida Michigan. La Arietta, o restaurante premiado de Lia, ficava no último andar. Três anos e meio atrás, ele havia entrado no local, determinado a expulsá-la e ceder o espaço para um chef famoso, sem imaginar que se apaixonaria completamente por ela. Agora, ele não conseguia imaginar um dia sem Lia.

"Qual é o prato especial de hoje?" ele perguntou, tentando mudar de assunto. Ele sempre gostou de provar os pratos dela antes de qualquer outra pessoa.

Ela deu um sorriso travesso para ele e respondeu em italiano perfeito, "*Linguine ai frutti di mare.*"

"Tem camarão nesse prato, não é?"

Ela riu e acenou com a cabeça. "Nada de sobras para você, sinto muito," ela brincou, referindo-se à alergia a crustáceos dele, "mas eu acho que tenho um belo filé reservado para você na geladeira."

"Parece delicioso." Ele se inclinou para beijá-la. "A que hora você quer que eu a busque?"

"Um pouco depois das 22h." Ela se aproximou mais e sussurrou, "Pode ser que eu tenha uma sobremesa especial para você."

O tom sedutor dela afastou todo o mau humor de Adam. Ela ainda o desejava, mesmo que "faltassem alguns dos seus nadadores."

"Vejo você daqui a pouco." Lia saiu do carro e atirou um beijo para ele antes de chamar o elevador que a levaria até a entrada traseira do La Arietta.

Adam dirigiu pelas poucas quadras que separavam o prédio da Avenida Michigan do apartamento deles com vista para o lago. Parte dele queria mergulhar no trabalho para esquecer das notícias que havia recebido, mas, no fim das contas, ele decidiu tentar seguir o conselho da médica e evitar o estresse. Talvez, todas essas tentativas de ter um bebê tivessem contribuído para a sua contagem baixa. Ele examinou os panfletos no assento vazio ao seu lado e se perguntou quantas respostas eles podiam ter.

Uma hora depois, ele tinha lido tudo e feito todas as pesquisas no Google que conseguiu fazer antes de finalmente desistir e servir uma taça do Montepulciano que Lia havia aberto na noite anterior. Mas, quando se viu servindo uma segunda taça, ele não resistiu e ligou para a única pessoa que poderia aconselhá-lo.

Sua mãe.

Ela atendeu no segundo toque. "Oi, Adam. Você ficou sabendo da novidade? A Sarah está grávida."

Em vez de ficar feliz pelo irmão mais novo e a esposa, a notícia o atingiu como um soco no estômago. "Que ótima notícia," ele se esforçou para dizer, depois de algumas batidas do seu coração.

Sua mãe percebeu imediatamente a reação dele. "O que houve, querido?"

"Eu—" Sua voz cedeu, e ele tomou um longo gole de vinho antes de tentar falar de novo. "Lia e eu falamos com uma especialista em fertilidade hoje, e descobrimos por que não estamos conseguindo ter um bebê."

Sua mãe permaneceu em silêncio por alguns segundos. "E?"

"A Lia está bem. Saudável e fértil. O problema sou eu."

"Que bobagem, Adam."

"Não, mãe, é verdade." Ele desabou no sofá e confessou a verdade constrangedora. "Ela disse que eu tenho uma contagem de espermatozoides baixa."

"E daí?" ela respondeu. "Você lembra do que estudou em biologia. Vocês só precisam de um."

"Talvez, mas isso não explica os dois anos de tentativas." Ele se recostou e pensou em servir uma terceira taça de vinho. Se não precisasse buscar Lia em algumas horas, ele teria ficado tentado a terminar a garrafa inteira.

"Vocês dois estão estressados. Não é de se estranhar que vocês estejam tendo problemas para engravidar. O que vocês precisam é de umas férias."

"Não é uma boa hora para isso. O restaurante da Lia está sempre cheio nesta época do ano, e ela está se preparando para abrir o restaurante novo no mês que vem, e eu tenho que começar as negociações em alguns terrenos…"

"Você precisa ter tempo para a sua esposa sempre. E, se eu me lembro bem, o aniversário da Lia está chegando."

Ele pulou do sofá. *Merda!* Ele havia estado tão ocupado com o trabalho que tinha se esquecido completamente do aniversário de Lia. Ele abriu o calendário no seu celular. Segunda-feira. Ele ainda tinha tempo.

"Talvez, você devesse raptá-la e fazer uma viagem romântica neste fim de semana," sua mãe continuou. "Eu ouvi dizer que as águas de Maui são mágicas, e Tom Murphy tem uma casa em Kapalua, tenho certeza que vocês poderiam ficar lá se eu pedir a ele."

Parecia tão simples, mas quanto mais ele pensava no assunto, mais perfeito parecia. "Mas e as malas?"

"Você pode comprar tudo o que precisar lá. Apenas aproveitem o seu tempo juntos antes de começarem a ter filhos."

Ele respirou fundo e, finalmente, encontrou um pouco de paz ao expirar. Sim, ele e Lia deveriam valorizar o seu tempo juntos e sozinhos. Os filhos viriam eventualmente, e quando viessem, levaria pelo menos 18 anos para que a sua linda esposa fosse exclusivamente sua de novo. "Você acha que o Tom vai nos deixar ficar lá?"

"Claro que vai. Ele e a Susan são amigos muito queridos, e eu sei que eles não estão planejando ir para lá antes do Natal. Eu acho que você vai amar a casa. Susan tem muito bom gosto."

Ele não dava a mínima para a decoração. Tudo o que queria era passar alguns dias sozinho com Lia. Ele abriu uma página de busca no notebook e começou a procurar passagens de avião. "Se não deixarem, nós podemos achar outro lugar para ficar—"

"Você cuida das passagens, deixe as acomodações comigo."

Ele já estava um passo à frente dela. "Há um voo na quinta-feira de manhã que nos deixaria lá às 16h, e poderíamos voltar na terça-feira."

"Perfeito! Compre as passagens e divirta-se. Eu vou lhe mandar as instruções de como chegar na casa do Tom depois de conversar com ele."

Ela desligou, e ele comprou as passagens em uma questão de minutos. Depois, ele mandou uma mensagem para a sous chef de Lia, Julie, e perguntou se ela estaria disponível para gerenciar a cozinha do La Arietta durante o fim de semana para que ele pudesse levar Lia para uma viagem-surpresa. Não havia ninguém em quem Lia confiasse mais para cuidar do seu restaurante.

Quando Julie respondeu dizendo que topava, Adam sorriu.

Tudo daria certo no fim.

Capítulo 3

Maureen entrou na garagem da casa histórica neoclássica de três andares em Humboldt Park e estacionou atrás do Mercedes preto e brilhante de Rupert. Do lado de fora, a casa parecia estar em boas condições. Os arbustos precisavam ser podados, mas a neve havia sido retirada recentemente das calçadas e da garagem. Parte dela esperava que o lado de dentro não estivesse tão ruim quanto as fotos sugeriam.

Rupert saiu do carro a tempo de abrir a porta para ela. "Bom dia."

"Bom dia para você também." Ela deu um sorriso caloroso. Rupert sempre era impecavelmente educado. "Não parece estar tão ruim quanto eu esperava."

"A neve cobre muitos pecados." Ele tirou um chaveiro do bolso e se encaminhou para a porta da frente.

Ela o seguiu, absorvendo os belos detalhes arquitetônicos. Os arcos de pedra. Os três andares de janelas arredondadas. A enorme varanda. "Ela parece ter sido construída por um maçom," Maureen disse, apontando para os dois globos na varanda.

"Mais uma arma para adicionar ao seu arsenal, eu imagino," ele respondeu em um tom seco enquanto abria a porta. "E eu imagino que tenha sido mais do que coincidência Adam ter levado a esposa em uma viagem-surpresa hoje de manhã?"

"Você está sugerindo que eu convenceria o meu filho a sair da cidade para que eu pudesse fazer essa casa ser declarada histórica e impedi-lo de demoli-la?" Ela fez o possível para fingir inocência.

Rupert, no entanto, não estava convencido. "Eu sempre soube

que você era uma mulher muito inteligente."

"Tenho que ser, depois de criar sete meninos. Agora, vamos dar uma olhada no interior."

O fedor quase a fez desmaiar quando ele abriu a porta. Seu estômago ameaçou devolver o pequeno café da manhã que ela havia ingerido. "Que tipo de gente morava aqui?"

"Pessoas que parecem não ter o mínimo de habilidade para a limpeza." O rosto dele franziu de preocupação. "Se você quiser ir embora, Maureen, eu entendo."

Ela balançou a cabeça. "Eu preciso ver o verdadeiro tamanho do estrago."

Felizmente, o cheiro dissipou quando eles abriram as janelas da sala e o ar entrou. Agora, ela podia focar no resto da bagunça. Lixo deixado pelos inquilinos estava empilhado nos cantos, a provável fonte do fedor. Seria fácil removê-lo. Uma camada grossa de poeira e sujeira cobria os riscos que danificaram o piso de madeira original. Ela examinou o chão de perto. "É madeira de bordo?"

Rupert confirmou sem olhar. "Sim, assim como as guarnições e as cornijas do andar de cima. Tudo original e precisando de reformas."

"Esta adição parece original também." Ela tirou o pó da superfície para revelar os galhos de samambaia enfeitados com flores. "Parece acácia."

"Outro símbolo maçônico?"

"Eu acho que sim, além de a frente da casa apontar para o leste. Mas Mike era o maçom, não eu." Ela se levantou e andou até a parte de trás da casa, criando uma lista de tarefas na cabeça.

As chaminés precisam ser inspecionadas e limpas.

Os azulejos rosas do banheiro no térreo são antiquados demais.

A cozinha é apertada e antiquada como o banheiro, e está tão suja quanto o resto da casa.

Mas havia muito potencial.

Ela bateu em uma parede. "O que está do outro lado desta parede?"

"Uma peça pequena que deve ter sido usada como quarto."

"Podemos derrubá-la para aumentar a cozinha?"

Rupert pegou seu tablet e fez uma anotação. "Eu posso conversar com um engenheiro estrutural sobre isso."

"Obrigada. O conceito de peças amplas é muito popular, e eu acho que, se abrirmos a cozinha e fizermos com que ela flua para a sala de jantar e a sala principal, poderemos atrair mais compradores. Podemos atualizar o banheiro e manter o quarto extra como um possível escritório." Ela examinou o espaço mais uma vez, imaginando as mudanças. "Sim, acho que vai funcionar. Agora, vamos para os outros dois pisos."

O segundo piso revelou os mesmos problemas—sujeira e quartos precisando de modernização. Rupert não disse nada enquanto os dois examinavam as peças, preferindo lidar com algo no seu tablet.

"Aqui está uma proposta que eu escrevi rapidamente," Rupert disse, dando o tablet a ela. "Esta propriedade sempre foi ideal para uma família, mas muitas das pessoas que estão se mudando para este bairro são profissionais jovens que não precisam de uma casa tão grande. Essa é uma das razões pelas quais Adam queria construir um prédio residencial aqui."

Os desenhos na tela mostravam um conjunto de apartamentos de três pisos e um porão que havia sido dividido em espaços para armazenamento. Cada apartamento tinha o conceito da cozinha americana, com dois quartos e um banheiro completo.

Maureen estudou a proposta. "Você está sugerindo um meio-termo?"

Rupert acenou com a cabeça. "Desta forma, podemos atender às necessidades da comunidade, aumentando nossos lucros em potencial, dividindo a casa em três, ao mesmo tempo em que protegemos um prédio histórico."

Ele deslizou para outra tela. "Aqui está uma lista de todas as licenças que vamos precisar. Elas são parecidas com as que teríamos que conseguir para construir novos prédios aqui, mas como o prédio já está aqui, elas podem ser concedidas mais rapidamente."

Ela revisou a longa lista, depois voltou para os desenhos. "Não há como mantermos a casa como uma única propriedade familiar?"

"Sim, mas teríamos mais dificuldade em encontrar um comprador que queira uma casa com de 4 a 6 quartos neste bairro."

Ela estudou a proposta por mais alguns segundos antes de examinar o quarto. Eles ainda poderiam manter o caráter histórico da casa e abrigar mais pessoas se ela aceitasse a sugestão dele. Alem disso, o seu impacto no sonho de Adam de transformar o espaço em um prédio residencial seria menor. "Vamos seguir com esta ideia. Vou conversar com o responsável sobre preservar esta casa se conseguirmos acelerar a obtenção das licenças."

"E eu vou discutir os planos com os nossos engenheiros para me certificar de que são viáveis." Ele guardou o tablet e fez sinal para que ela descesse as escadas primeiro.

Ela havia acabado de voltar ao térreo quando o seu telefone tocou. Ela verificou o número antes de atender. "Oi, Emilia. Você já encontrou uma nova estratégia de bridge para o torneio desse fim de semana?"

"Não," a voz rouca do outro lado da linha respondeu. "Eu acordei esta manhã com uma febre de 40 graus. O médico disse que é gripe, e ele não acha que eu vou estar melhor no sábado." Um ataque de tosse a impediu de continuar.

O desânimo se abateu sobre Maureen. Ela não só estava triste por sua amiga querida, mas agora, ela teria que cancelar sua participação no torneio para o qual estava se preparando há semanas. Ela se esforçou para que a decepção não ficasse óbvia na sua voz. "Descanse e melhore. Você quer que eu leve alguma coisa para você?"

"Não, eu não quero que você pegue a gripe. A Lia encheu o meu freezer de comida, e eu também posso pedir uma pizza."

"Você tem certeza?"

"Sim. Eu me sinto horrível por desapontar você."

"Deixe disso. Você não planejou ficar gripada. Além disso, haverão outros torneios. Me ligue se você precisar de qualquer coisa."

"Obrigada." Emilia desligou, deixando Maureen livre para absorver a decepção que estava reprimindo.

Rupert limpou a garganta. "Eu não pude deixar de ouvir, parece que você terá que cancelar a sua participação no torneio de bridge deste fim de semana."

"A Emilia está gripada, tadinha." Ela se permitiu mais alguns segundos de tristeza antes de tentar focar em algo positivo. "Eu deveria mandar flores para ela, principalmente considerando que fui eu quem sugeriu que Adam raptasse a única filha dela o fim de semana todo."

"É uma boa ideia." Ele alternou o peso de uma perna para outra e mexeu na gravata. "A respeito do torneio, eu poderia ir no lugar da Emilia, se você quiser."

Ela parou de procurar o número da sua floricultura preferida e desviou sua atenção para ele. "Você joga bridge?"

"É provável que eu não seja tão bom quanto você e s Emilia, mas eu era considerado um bom jogador, e sempre estudei a estratégia do jogo."

Exatamente como no dia em que ele havia lhe dado a dica para o torneio. "Você tem certeza de que quer passar o seu sábado jogando?"

"Eu não poderia imaginar algo mais emocionante."

Ela riu. "Você deve estar muito entediado para considerar um torneio de bridge emocionante."

"Nós o tornamos emocionante, principalmente quando derrotamos nossos oponentes com inteligência. Além disso, eu vou poder passar o dia com uma mulher linda e inteligente."

O sorriso dele iluminou seus olhos castanhos, e o coração dela pulou estranhamente. "Você está me deixando vermelha."

"Só estou dizendo a verdade." Ele abriu a porta da frente para ela. "A que horas você quer que eu venha pegá-la?"

"Não precisa se incomodar com isso—"

"Não é nenhuma incomodação. A viagem vai nos dar a oportunidade de solidificar a nossa estratégia."

"Que tal às 8h? Eu vou preparar um café da manhã rápido para nós, e poderemos chegar lá antes do início do torneio, às 9h."

"Combinado." Ele se virou e trancou a porta. "Parece que nós dois teremos muita coisa para nos ocupar até lá."

Com certeza, incluindo descobrir a razão do calor no peito de Maureen, que começou quando Rupert se ofereceu para ser o seu parceiro no torneio.

Capítulo 4

Maureen abraçou o troféu enorme e espalhafatoso e sorriu. "Muito obrigada, Rupert. Você não faz ideia da importância do dia de hoje para mim."

Um sorriso curvou seus lábios ao ouvi-la descrever o dia. Ele não dava a mínima para a vitoria. A companhia era o que importava para ele. Vencer era um bônus que a deixava feliz, e isso o deixava feliz. "Você veio preparada para ganhar."

"E ganhamos." Ela levantou o troféu e acariciou suavemente a superfície da taça. "Campeões."

A alegria dela aqueceu o coração de Rupert, apesar da neve. O trânsito seguia lentamente, dando tempo a ele para criar coragem e sugerir um jantar. Mas, com cada quilômetro, a sua coragem diminuía. Ela era tecnicamente chefe dele. E ela não havia dado nenhum sinal de que pensava nele como algo mais do que um bom amigo. Quando estacionou na garagem da casa dela, ele havia concluído mais uma vez que este não era o momento de dizer a ela o que sentia.

Covarde.

"Você quer entrar?" ela perguntou.

A pergunta o pegou de surpresa, e antes que pudesse pensar em uma desculpa para recusar, ele aceitou. Alguns segundos depois, ele estava correndo desajeitadamente para abrir a porta para ela.

"Obrigada," ela disse ao sair, a personificação da graciosidade.

Pelo menos, até o seu sapato deslizar no gelo.

Rupert pulou para pegá-la, segurando-a pela cintura e puxando-a para perto dele.

Sua respiração acelerou ao perceber como era maravilhoso tê-la nos braços.

Ah, ela ensina as tochas a brilhar, ele pensou ao observar o rosto dela.

Se Shakespeare estivesse vivo hoje, ele poderia ter atribuído esta frase a Maureen, já que Rupert não conseguia imaginar alguém mais merecedor dessa descrição.

A surpresa sumiu da expressão dela, transformando-se em algo que ele não conseguiu ler. Pela primeira vez, ela pareceu vê-lo como mais do que o braço direito da sua empresa. Ela pareceu vê-lo como um homem, e pressionou a mão sobre o local onde seu coração batia freneticamente.

O sangue dele correu para lugares que ameaçavam denunciar a sua admiração secreta por ela, então, ele a soltou relutantemente antes que ela pudesse ver o efeito que tinha nele. "Cuidado," ele murmurou ao desviar os olhos dela.

"Eu acho que temos alguns pedaços de gelo sob a neve," ela disse, com a voz estranhamente aguda e nervosa.

Ele olhou para ela. Nos seus mais de 20 anos de convivência, ele jamais havia visto Maureen Kelly nervosa. E talvez, ela não estivesse nervosa. Talvez, o brilho avermelhado do seu rosto não passasse de um resultado do frio. Talvez, a forma com que ela insistia em puxar o cabelo para trás da orelha fosse apenas uma tentativa de mantê-lo no lugar. Talvez, a forma inquieta com que ela apertava os lábios fosse a sua maneira de se certificar de que o seu batom não estava borrado. Ele podia criar desculpas a noite toda. Era muito melhor do que ter esperanças, apenas para vê-las caírem por terra.

Ela passou por ele com movimentos cuidadosos. "Você gostaria de uma xícara de chá?"

Que tal uma dose de uísque?

Mas ele aceitou a oferta e caminhou ao lado dela, pronto para segurá-la se ela escorregasse novamente. "Chá seria ótimo."

Ele pousou a mão dela sobre o seu braço enquanto os dois

cruzavam a neve fresca que havia caído enquanto os dois estavam fora. Ela cobria a entrada circular e as escadas de tijolo que levavam até a porta da frente, pintando o mundo de branco. Faltavam apenas três semanas para o Natal, mas a Mãe Natureza já havia criado a imagem natalina ideal. Tudo o que faltava eram os pisca-piscas na árvore de Natal visível na janela e a guirlanda de boas-vindas na porta da frente.

"Estou surpreso por você ainda não ter começado a decorar a casa para as festas," ele disse ao entrar.

"Eu ainda estou tentando me forçar a fazer isso." Ela afagou as orelhas de um Jasper sonolento.

O cachorro branco gigante andou na direção dele e deu várias lambidas na sua mão. Ele se forçou a não limpar a mão com o lenço imediatamente. "Mas você adora as festas."

"Adoro, mas já que nenhum dos meus filhos poderão estar aqui para o Natal, eu fico me perguntando o porquê de fazer qualquer coisa."

A tristeza na voz dela apelava para o complexo de cavalheiro de Rupert, e ele correu para tentar alegrá-la. "Isso não é totalmente verdade. O Adam vai estar aqui."

"Sim, mas Frank vai jogar na véspera de Natal, e Ben também está no meio da temporada. Gideon está fazendo um filme novo e Ethan está em tour, e…" Ela levantou os braços. "Meus meninos estão crescidos e não precisam mais passar o Natal comigo."

Os lábios de Rupert se curvaram para baixo. Se os filhos dela pudessem ver o quanto a mãe sentia falta deles, era provável que eles encontrassem alguma maneira de visitá-la por um ou dois dias.

"Acho que vou para a casa do Adam e da Lia com a Emilia no Natal. Assim, vou poder economizar o tempo e o dinheiro que gastaria decorando." Ela tirou seus sapatos de salto e os soltou na beira da escada. "Assam ou Darjeeling?"

Ele limpou discretamente a baba de Jasper da sua mão. "Você não teria um oolong?"

"É o seu dia de sorte." Ela pegou a chaleira de sempre e a

encheu de água quente antes de pegar uma lata de um dos armários. "Eu tenho Tung Ting fresco."

Ele observou que ela havia adicionado folhas para apenas uma xícara. "Você não vai tomar?"

"Não, eu vou tomar este aqui." Ela trocou a lata de chá por uma taça e uma garrafa de Hennessy X.O. "Eu lhe oferecia uma taça, mas eu sei que você precisa dirigir."

"Você está sugerindo que um inglês não sabe beber?" ele brincou.

"Definitivamente não." Ela lançou um dos seus sorrisos luminosos para ele e pegou outra taça. "Quer um pouco?"

"Só um pouquinho. Como você disse, eu tenho que voltar dirigindo." Apesar de uma parte dele desejar que ele pudesse ficar.

Mas quanto mais ele permanecia ao lado dela, maior era o risco de expor seus sentimentos. E isso significava adentrar um território perigoso.

Depois de pegar a taça, ele a ergueu e agitou o conhaque para aquecê-lo. "Eu queria que houvesse uma maneira de lhe dar o Natal que você quer."

"Eu também." Ela focou o olhar na taça. "Mas faz parte da vida. Por quase 30 anos, aqueles meninos foram o meu mundo. E agora…" Ela bebeu todo o conhaque com um gole.

A preocupação fez o cavalheiro dentro dele renascer. "Você os visita regularmente. Afinal, você não acabou de ir para Seattle, para o chá de bebê da Jenny?"

Ela confirmou. "Eu sei que é egoísta da minha parte achar que eu poderia manter todos eles aqui, mas viajar me faz bem. Me impede de ficar fechada nesta casa, sozinha." Ela acariciou o pelo branco e grosso de Jasper para consolá-lo. "Não, eu não esqueci de você," ela disse ao cão, adicionando, "E também me dá tempo para investir em causas que são importantes para mim."

"Como torneios de bridge?" Ele assoprou na superfície do troféu e o lustrou com a manga.

Ela deslizou o troféu pelo balcão, para longe dele, e sentou em um dos bancos na ilha central. Jasper se deitou ao lado dela, no chão. "E preservação histórica."

"Sim, eu recebi um comunicado da prefeitura ontem, dizendo que o imóvel de Humboldt Park agora é um local histórico protegido. Você é rápida."

"Conhecer as pessoas certas ajuda." Ela apontou para a chaleira. "Você se importa se eu—?"

"Fique à vontade. Eu ainda estou esperando que o Hennessy chegue à temperatura certa para degustá-lo ao máximo."

Ela revirou os olhos e serviu o chá. "Vocês britânicos e sua exatidão."

"Para mim, é apenas fazer questão de desfrutar das coisas como elas foram feitas para serem desfrutadas." Ele parou de agitar o conhaque para inalar os aromas de caramelo com toques de lima e groselhas secas. "Quase pronto para beber."

"Você é um homem muito paciente."

"Sim, acho que sou." Ele a observou enquanto falava. Ele havia sido paciente. E ele poderia continuar a ser, se isso significasse desfrutar da companhia dela no momento certo. "O engenheiro estrutural analisou os planos de reforma e me respondeu há algumas horas, dizendo que tudo parece adequado. Claro que precisaremos que a prefeitura os aprove."

Maureen riu, levando a xícara à boca. "Deixe isso comigo. Eu quero ter tudo isso aprovado antes que o Adam volte."

"Eu estou começando a suspeitar que você gosta de agir sem o conhecimento dele em alguns assuntos." Ele não havia esquecido de como ela alugou o espaço do La Arietta para Lia por uma fração do preço original, e depois ameaçou impedir Adam de dar o espaço para um chef famoso e arrogante.

"Eu tenho que manter o garoto esperto, e lembrá-lo de quem realmente manda aqui."

Apesar de ter dito isso em tom de brincadeira, as palavras causaram um grande impacto nele. Um lembrete sutil—e talvez, não intencional—de que ela era chefe dele.

Ele tomou um gole do conhaque e sentiu a bebida queimar até chegar ao seu estômago. "Você já escolheu um designer?"

"Ainda não, mas eu quero alguém que possa atualizar a propriedade mantendo o estilo do período. Eu adoraria uma combinação de restauração com reforma."

Ele listou vários designers com quem havia trabalhado e que poderiam atender às necessidades dela. "Mas eu acho que a melhor opção seria Gretchen Sternhold. Ela é uma jovem muito agradável que está conquistando uma bela reputação, trabalhando em algumas das casas antigas de North Lawndale."

"Então, parece que eu já encontrei a minha designer. Mais uma vez, você provou ser indispensável, Rupert."

O elogio massageou um pouco o ego dele, mas não o suficiente para que ele ameaçasse expor a sua posição.

Os dois beberam em silêncio por alguns minutos antes de ele terminar o seu conhaque. "Se você quiser, eu posso entrar em contato com a Gretchen amanhã mesmo e ver se ela tem interesse em participar do projeto."

"Isso seria ótimo. Obrigada." Ela pegou a taça vazia dele e a colocou na pia, com Jasper aos seus pés. "Mas isso pode esperar até segunda. Eu já monopolizei demais o seu tempo este fim de semana."

"É sempre um prazer estar com você, Maureen."

Ela inclinou a cabeça para o lado, com a mesma expressão indecifrável de antes. Aquela que fez o sangue dele ferver. Aquela que indicava que ele poderia estar passando dos limites.

Então, um sorriso lento ergueu os cantos da boca dela. "Eu digo o mesmo."

A aceleração na pulsação dele deve ter feito o álcool correr para o seu cérebro, porque suas pernas ficaram bambas e sua língua se recusou a formar uma frase coerente. Ele respirou fundo para reconquistar a compostura.

Foque em assuntos seguros. Trabalho e clima.

"Eu estou ansioso para trabalhar com você neste projeto. Mas por enquanto, é melhor que eu volte para casa antes que a tempestade piore."

Ela olhou pela janela. "Eu acho que já piorou. A neve está mais forte."

"Mais razão ainda para que eu vá embora."

Ele se virou e chegou à metade do caminho até a porta antes que ela o chamasse.

"Se você está preocupado com a segurança de dirigir nessa tempestade, pode ficar aqui."

As calças dele se apertaram com o efeito da sugestão dela no seu corpo. Ele daria tudo para passar a noite com ela, mas infelizmente, Rupert sabia o que precisava fazer. "Obrigado, mas se eu sair agora, vou conseguir chegar em casa antes que o pior da tempestade chegue."

"Se você insiste." Ela andou com ele até a porta e o impediu de sair, segurando sua mão. "E obrigada mais uma vez por substituir a Emilia. Nós precisamos fazer isso de novo outra hora. Fazemos uma ótima dupla."

Ele olhou para o encaixe da mão dela na sua, e seu peito se apertou. Eles fariam uma boa dupla. Ela o conhecia melhor do que qualquer um. Ela o acalmava. Ela o excitava. Ela o fazia se sentir completo quando estava com ele, e perdido quando não estava.

No entanto, ele ainda escondia a sua covardia por trás da máscara de civilidade que havia usado por tanto tempo. "Me ligue sempre que precisar de um substituto para a Emilia."

Então, ele tirou sua mão da dela antes que cedesse aos seus instintos mais básicos e aceitasse a oferta de ficar.

Um dia, eu vou contar a ela.

A dor profunda dentro dele o lembrou de que, cada dia que ele cedia à sua covardia era um dia a menos com ela. *Um dia, em breve*, ele prometeu a si mesmo.

Mas, por enquanto, ele começaria dando a ela a única coisa que ela queria naquele Natal. Ele traria todos os sete filhos de Maureen para passar as festas com ela, e faria qualquer coisa para conseguir isso.

Capítulo 5

Maureen abriu os desenhos da designer de interiores no celular enquanto subia no elevador até o escritório principal da Imóveis Kelly.

Ela ficou sem fôlego.

Gretchen havia capturado perfeitamente a visão dela.

Ela suspirou com um gritinho de satisfação. Até o momento, tudo estava indo conforme o planejado, mas ela também sabia que era provável que Adam descobrisse o que ela estava fazendo nesta manhã, e por isso, decidiu ir até a cidade e resgatar Rupert até que os ânimos do seu filho se acalmassem.

A porta se abriu e ela saiu do elevador, com a atenção fixa nos desenhos no celular. Ela poderia encontrar o escritório de Adam com os olhos fechados. Era o mesmo escritório que o seu marido usava, e ela devia ter andado 150 quilômetros somando-se todas as vezes em que havia visitado Mike quando ele estava trabalhando.

Desta vez, no entanto, ela encontrou um bloqueio-surpresa.

Uma mão a segurou pelo cotovelo para estabilizá-la. "Mil desculpas," a voz britânica sempre educada disse.

Ela olhou para Rupert e sorriu. "Eu pediria desculpas, mas acho que é uma ótima surpresa, esbarrar em você assim."

"Eu não diria que é ótima antes de falar com o Adam. Ele acabou de me chamar." A expressão preocupada no rosto dele sugeria que o assunto deveria ser o imóvel em Humboldt Park.

Ela se recusou a deixá-lo assumir a responsabilidade pela decisão dela, e engenchou seu braço no dele. "Deixe-me cuidar disso, Rupert."

"Eu sou adulto, Maureen."

"E eu ainda sou a dona desta empresa. É hora de lembrar o Adam disso mais uma vez."

De braços dados, eles entraram no escritório onde um homem vestindo um terno de alfaiataria andava de um lado para o outro na frente de uma parede de janelas, como um tigre enjaulado. Sua cabeça se levantou rapidamente quando ouviu a porta abrir, seu rosto retorcido em uma expressão de fúria, apenas para recuar quando viu a mãe. "Mãe, o que você está fazendo aqui?"

"Eu só queria deixar você a par de algumas coisas que eu resolvi quando você estava viajando." Ela piscou para Rupert antes de soltá-lo e cruzar a sala para endireitar a gravata do filho mais velho. "E como estava Maui?"

"E-estava bom," ele gaguejou antes de se virar para Rupert. "Bates, que diabos aconteceu com a casa de Humboldt Park? Nós estávamos prestes a demoli-la e—"

"Adam, querido, não grite com o Rupert. Grite comigo." Ela retirou alguns fiapos do ombro dele. "Foi eu quem ignorou as suas ordens."

"Eu não vou gritar com você, mãe."

"Então, por que você está gritando com ele?" Ela sentou na cadeira de Adam, cruzou as pernas e girou, dando uma demonstração não tão sutil de que ainda estava no comando.

"Ele sabia dos meus planos para este imóvel."

"E ainda bem que ele me alertou de uma possível violação das regras do bairro." Ela parou e deu o mesmo sorriso doce que sempre deu ao filho quando ele fazia birra quando criança. "Esta propriedade tem um valor histórico significativo, como casa e como um belo exemplo da maçonaria do início do século 20. Quando o conselheiro local percebeu isso, ele declarou a casa como um local histórico, o que significa que você não pode demoli-la."

Adam cruzou os braços e a encarou. "E eu posso imaginar quem o alertou disso."

Ela bancou a inocente. "Você não está sugerindo que foi eu, está?"

"Nós poderíamos ter ganhado uma fortuna com aquele terreno. O papai o comprou nos anos 70 por quase nada, e o bairro está cada vez mais valorizado. Nós precisamos agir enquanto os negócios estão quentes, e atender aos jovens profissionais que estão se mudando para lá."

"E faremos isso, enquanto preservamos a casa." Ela abriu um dos desenhos de Gretchen no seu celular e o mostrou para Adam. "Como você pode ver, eu já estou trabalhando com uma designer."

Ele examinou os desenhos, ficando cada vez menos irritado com cada deslizar do dedo. "Você estava sabendo disso, Bates?"

"Eu acabei de receber os desenhos da Srta. Sternhold há menos de 10 minutos, mas conheço o trabalho dela em casas similares."

Adam devolveu o telefone a ela. "Então, você está propondo que nós a transformemos em três apartamentos."

"Estou. Dessa forma, nós dois teremos o que queremos." Ela se levantou da cadeira. "Agora, se você nos der licença, eu fiz reserva para Rupert e eu no Blackbird, e não quero me atrasar."

Ela gesticulou para Rupert enquanto caminhava em direção à porta. "Venha. Nós temos muitas coisas para discutir durante o almoço."

Rupert sorriu para ela com uma mistura de audácia e surpresa. "Eu detestaria desagradar a Sra. Kelly," ele disse, antes de segui-la para fora do escritório e até o elevador.

Quando estavam a caminho do estacionamento, ele bateu no peito. "Ah não, eu esqueci do meu casaco."

Ela o impediu de apertar no botão para subir novamente. "O meu carro ainda está quente da vinda até aqui. É uma corrida rápida do manobrista até a porta. Além disso, você realmente quer ser encurralado pelo Adam agora?"

"Não exatamente."

"Então, esqueça o casaco. Afinal, nem está tão frio lá fora. Só uns dois graus negativos."

"O que ainda é congelante."

"Nós podemos aquecer você com um aperitivo quando chegarmos ao restaurante." Ela continuou andando na direção do carro assim que o elevador se abriu. "Ou, se você quiser, podemos nos contentar com chá comum."

"Não há nada comum no menu do Blackbird."

"Claro que não. É por isso que eu adoro comer lá." Ela parou na frente do seu Tesla Modelo D e esperou um segundo para a alça da porta ejetar. "Vamos, Rupert. Nós temos 10 minutos para chegar lá, e você sabe como o trânsito pode ficar a esta hora do dia."

"Só um momento." Ele parou para fazer algo no telefone antes de sentar no assento do passageiro. "Eu encaminhei o e-mail da Gretchen para o Adam, junto com o e-mail do nosso engenheiro e as licenças aprovadas pela prefeitura."

"Ele não precisa se preocupar com mais nada agora, a não ser assinar os cheques." Um arrepio de antecipação correu pela coluna dela ao pensar no trabalho na casa. "E, mais uma vez, obrigada por sugerir a Gretchen. Eu a encontrei ontem, e ela foi muito agradável. E o que é ainda melhor, ela entendeu a minha visão para a casa, e isso me deixou muito ansiosa para começar."

"Fico muito feliz em poder ajudar." Em contraste com o comportamento relaxado dele no sábado, ele parecia desconfortável. Rígido demais. Formal demais. Controlado demais.

"Algum problema?" ela perguntou.

"Não, nenhum problema. Só estou preocupado que o almoço ocupe demais o seu tempo."

"Não seja bobo. Eu não tenho nenhum outro compromisso até às 14h, quando vou encontrar a Gretchen para escolher tintas e azulejos." A preocupação começou a apertar o estômago dela enquanto continuava a observá-lo pelo canto do olho. "Você está dizendo que não quer almoçar comigo?"

"Claro que não. Como você disse, eu adoro comer no

Blackbird, e você já sabe o quanto eu gosto da sua companhia."

Não era isso que a sua postura dizia.

Felizmente, a viagem até o restaurante foi curta, e quando saiu do carro, ele pareceu retornar ao seu comportamento normal. Ele abriu a porta para ela e a seguiu até o *maître d'*. Um minuto depois, eles estavam sentados à mesa, e a tensão entre os ombros dele pareceu ceder.

Mas ainda não havia desaparecido completamente.

"Qual é o problema?" ela perguntou.

"Nada." Ele pegou o menu e se escondeu atrás dele.

"Eu conheço você, Rupert, e posso ver que alguma coisa está lhe preocupando."

Ele baixou um pouco o menu para olhar para ela. "Minhas desculpas, Maureen. Eu me perdi nos meus pensamentos por tempo demais."

"E no que você está pensando?"

"Mais do que eu posso lhe contar," ele respondeu com um sorriso abatido. "No entanto, eu estou feliz em estar aqui."

"Considere o almoço como a minha forma de agradecer você por substituir a Emilia no fim de semana. Eu me diverti muito." Aquela agitação estranha e familiar voltou ao seu estômago ao dizer aquilo. Quando seus olhos encontraram os de Rupert, a sensação se intensificou. Seu rosto corou.

Fazem anos que eu não reajo a um homem desta forma.

A conclusão a perturbou a ponto de fazê-la buscar refúgio no seu próprio menu. As palavras se misturaram quando ela tentou ler a lista de entradas. Ela lutou contra o impulso de apertar a mão sobre o peito para sossegar o batimento acelerado do seu coração. Ela era uma mulher com mais de 60 anos, não uma adolescente tola. Ela havia sido casada e ficado viúva, e ainda sentia falta de Mike todos os dias, mas recentemente, sempre que passava algum tempo com Rupert, ela se via lidando com as mesmas reações perturbadoras à presença dele.

O garçom chegou à mesa deles e listou os pratos do dia.

Quando terminou, ela havia conseguido recuperar o controle de si mesma. Rupert era um amigo querido, e ela tinha sorte de tê-lo. Ela fez seu pedido ao garçom e se concentrou em permanecer calma.

"Eu tomei a liberdade de salvar algumas fotos da época em que a casa foi construída para você olhar," Rupert disse depois que o garçom saiu. "Peço desculpas por não ter o meu tablet comigo, mas nós podemos acessar as fotos na nuvem, no meu telefone."

Ela pegou seu óculos de leitura e puxou sua cadeira para mais perto dele, para que os dois pudessem dividir a tela. Ele começou com fotos do bairro, seguidas por fotos de uma casa do mesmo período em perfeito estado.

"Como você pode ver nesta aqui, papel de parede era muito usado naquela época," ele disse, apontando para uma foto colorizada que havia encontrado.

"Sim, mas eu duvido que isso funcionaria hoje."

"Concordo. Mas se você quer uma restauração autêntica da casa, seria algo a considerar." Ele passou para a próxima foto, que era uma imagem escaneada de uma revista feminina do início do século. "Eu achei a matéria interessante porque descreve as cores populares para decoração residencial da época."

Ela se aproximou para ler o texto em fontes pequenas e sentiu o perfume da colônia dele. Era uma mistura sutil de folhas de louro, couro e pimenta—masculino, sem ser exagerado. Ela combinava com Rupert.

"Eu confiaria na Gretchen quanto a isso, mas muitas das cores que eram populares quando a casa foi construída em 1893 estão voltando a ser moda. Cremes, cinzas-ardósia e verdes-musgo." Ele mostrou alguns cartões postais coloridos da época para demonstrar cada cor.

Ela acenou com a cabeça, sem conseguir falar devido à sua percepção aguda dele. Era a mesma sensação que ela havia tido quando ele a segurou na noite em que ela escorregou. E era natural sentir essas coisas quando ela estava sendo segurada por ele. Mas eles não estavam sequer se tocando agora. E, no entanto, ela não conseguia controlar a onda de emoção que a invadia.

Ela precisava tirá-lo da cabeça antes que dissesse ou fizesse algo que o deixasse ainda mais desconfortável. Ela começou retornando a cadeira para a sua posição original, longe do perfume da colônia dele ou do calor que irradiava do seu corpo. "Eu agradeço o tempo que você investiu neste projeto."

"A verdade é que eu compartilho da sua paixão por casas antigas."

A palavra *paixão* fez o calor ressurgir no rosto dela.

O garçom a salvou do constrangimento, trazendo a entrada à mesa. Ela poderia culpar a sopa quente pela cor no seu rosto.

"Estou pressentindo que esses apartamentos serão um sucesso," Rupert continuou. "Eu fiz alguns cálculos preliminares e acho que conseguiremos lucrar um mínimo de 250 mil dólares em cada um deles."

"O Adam deve ficar feliz com isso." Ela pensou nas fotos de época que Rupert havia mostrado, e seu entusiasmo com o projeto voltou. "Há uma parte de mim que está quase tentada a vender a minha casa e ficar com um dos apartamentos."

Rupert quase soltou a colher. "Você não pode estar falando sério."

"Eu disse 'parte de mim'. Vamos admitir—a casa é grande demais para uma só pessoa."

Ele concordou. "Mas ainda há uma parte de você que quer ficar, eu imagino."

"Eu acho que sim." Ela limpou os cantos da boca com o guardanapo e reprimiu as lágrimas que ainda ameaçavam rolar quando ela lembrava do marido. "Mike e eu tivemos muitos anos felizes lá, e eu sonhava com o dia em que os meus netos encheriam a casa novamente, mas eu estou chegando à conclusão que isso não vai acontecer."

"Você está sugerindo que preferia ter todos os seus sete filhos morando com você novamente?" ele perguntou, com um sorriso provocador.

A pergunta a fez rir. "Não, eu tenho muito orgulho das conquistas dos meus filhos. Só gostaria que eles não estivessem tão longe. É egoísmo da minha parte, não é?"

"De forma alguma. Você é mãe, e eu acredito que a maioria das mães se sente assim. A minha mãe ficou muito abalada quando eu me mudei para os Estados Unidos. Mas nós não podemos esperar que eles permaneçam crianças para sempre, e agora que são homens, você está livre para focar em outras coisas."

"Como nesta restauração, eu imagino?"

"E derrotar seus oponentes em torneios de bridge." Ele sorriu para ela, e um pouco da sua tristeza se esvaiu.

Sim, ela havia feito a sua parte como mãe. E agora que tinha mais tempo nas mãos, ela podia focar nas atividades que sempre considerou egocêntricas no passado.

"Falando nisso…" Rupert pegou o celular e abriu um novo arquivo. "Eu achei que você gostaria de ver isso."

Ela examinou a nova estratégia de bridge e sorriu. Pequenas coisas como esta a deixavam feliz, e ele sabia melhor do que ninguém como fazê-la sorrir.

Quando ela o encarou novamente, não sentiu o mesmo nervosismo de antes, mas sentiu um calor suave que a acalmou e lhe deu esperança.

E a fez se perguntar por que ela nunca havia percebido o homem valoroso que Rupert era.

O resto da refeição não ajudou a dissuadir seus sentimentos. Eles conversaram sobre tudo, desde esportes até chá, até o telefone dele tocar durante a sobremesa. O rosto de Rupert franziu quando viu o número, e ele se desculpou antes de atender.

Seu rosto expressava frustração enquanto ele respondia com uma série de "sim" e "não", seguidos de "Eu estou indo para aí."

Depois de desligar, ele se desculpou novamente. "Por mais que eu deteste ter que abrir mão da sua companhia, parece que um dos imóveis em Wicker Parl está com canos congelados que exigem a minha atenção. Eu preciso voltar correndo para o escritório e pegar meu casaco e chaves."

"Eu entendo, Rupert." Ela se levantou com ele e beijou o seu rosto, sentindo o perfume quente novamente e sentindo sua pulsação acelerar. "Posso lhe dar uma carona de volta ao escritório?"

"Vai ser mais rápido pegar um táxi. Além disso, eu odiaria impedir você de comer a sua sobremesa." A atenção dele permaneceu em Maureen. Um leve sorriso iluminou seu rosto sempre concentrado e sério, quando disse, "Obrigado mais uma vez por um almoço agradável na sua companhia ainda mais agradável."

A cor retornou ao seu rosto com força total, e ela permaneceu com a mão pressionada contra o rosto ao vê-lo ir embora.

Depois de todos esses anos, será possível que eu esteja me apaixonando por Rupert Bates?

Capítulo 6

A primeira coisa que Rupert fez quando voltou para o escritório foi encher sua chaleira elétrica e ligá-la. Ele havia passado a última hora no frio congelante, discutindo canos danificados com um encanador. Agora, ele precisava de uma xícara de chá.

A chaleira alcançou o ponto de fervura quando Adam bateu na porta. "Você parece estar meio congelado."

"E estou." Ele derramou a água quente na xícara e mergulhou o saquinho de chá dentro dela. Não se comparava ao chá sofisticado que Maureen servia, mas a necessidade exigia opções mais convenientes. "A previsão é de pelo menos quatro mil dólares para consertar o cano estourado no imóvel de Wicker Park. Eu me adiantei e permiti que o encanador fizesse os consertos e nos mandasse a conta."

"Obrigado." Adam sentou em uma das cadeiras com estofamento em couro reservadas para os clientes. "Quando você ia me contar sobre os planos da minha mãe para a casa de Humboldt Park?"

A coluna de Rupert ficou reta, e alarmes soaram em sua cabeça. "Eu não sabia que precisaria lhe contar alguma coisa. Afinal, ela é a dona, e ela tomou esta decisão quando você não estava aqui."

"Muito conveniente." Adam tamborilou os dedos nos braços da cadeira. "Se eu não conhecesse vocês, diria que existe alguma coisa entre você e a minha mãe."

A tensão entre os ombros de Rupert dobrou, mas ele se concentrou em apertar o saquinho de chá para tirar a água e jogá-lo fora. Seria possível que Adam soubesse dos sentimentos dele por Maureen? "Do que você está falando?"

"Eu acho que foi mais do que uma coincidência a minha mãe ter sugerido que eu levasse a Lia para viajar no mesmo dia em que solicitou que a casa fosse considerada como um local histórico pela prefeitura. E ela não teria ficado sabendo que a casa estava sob risco de demolição se alguém não tivesse contado isso a ela."

Rupert se viu em uma corda bamba. "Sr. Kelly, eu trabalho para esta empresa há mais de duas décadas, e conheço os seus pais pelo mesmo período de tempo. Você mal tinha aprendido a usar o banheiro quando o seu pai me contratou para ajudá-lo a cuidar das operações diárias das propriedades no portfólio dele naquela época, para que ele pudesse se concentrar em novos projetos. Eu ainda estou prestando os mesmos serviços hoje, mas não me esqueci quem realmente manda aqui."

Adam ergueu uma sobrancelha arrogante, como se quisesse deixar claro que o manda-chuva era *ele*.

"Se você quiser revisar o testamento do seu pai, verá que ele deixou todos os seus negócios para a sua mãe, não para você. É o nome dela que está no contrato, e como dona, ela precisa ficar sabendo de certas propostas que podem ir contra os desejos dela." Rupert tomou um gole de chá e assistiu Adam absorvendo a sua resposta.

"Então, você está admitindo que agiu pelas minhas costas para impedir que a minha ideia fosse executada."

"Eu estou admitindo que eu achei mais prudente informar a verdadeira dona do imóvel sobre as mudanças propostas. Ela é responsável por tudo o que foi feito depois disso." Ele colocou a xícara na mesa e cruzou os braços, parado na frente do patrão. "Nunca se esqueça que a sua mãe é uma mulher inteligente, energética e determinada, que trabalhará incansavelmente em algo que a interesse. Ela encontrou uma causa para defender naquela casa, e está muito entusiasmada com a possibilidade de restaurá-la e, ao mesmo tempo, transformá-la nos apartamentos que você acredita serem ideais comercialmente para a área. Só porque ela ama o charme histórico da casa, não significa que ela queira ignorar a sua proposta de atender as necessidades da comunidade e da empresa."

Adam permaneceu sentado em silêncio, e por um breve segundo, Rupert teve medo de ser demitido pelo seu discurso.

Em vez disso, Adam disse, "Você tem muita consideração pela minha mãe."

"Só estou dizendo a verdade. Ela é uma mulher incrível, por isso, seu pai a adorava. Perdoe-me por dizer isso, mas sua mãe merece todo o respeito que você possa dar a ela. Ela deixou a carreira e seus sonhos de lado para cuidar da família, e seria uma verdadeira desgraça se você interferisse com o plano dela agora, ainda mais considerando a sua tristeza por nenhum dos seus irmãos virem passar o Natal com ela."

Os olhos de Adam se arregalaram. "O quê?"

Mesmo que ele conseguisse levar apenas três ou quatro dos filhos de Maureen para passar o Natal em casa, isso a encheria de alegria. E a melhor maneira de fazer isso era recrutar o filho mais velho para executar o seu plano. "Sim, a sua pobre mãe ficou muito abalada com a possibilidade de não receber nenhuma visita no Natal. Ela ainda nem começou a decorar a casa."

"É mesmo?"

Ele confirmou, notando a expressão preocupada de Adam com a notícia e se perguntando quando foi a sua última visita à mãe. "Além disso, ela estava comentando hoje sobre a possibilidade de vender a casa e morar em um apartamento menor."

"Ela não pode fazer isso!" Adam pulou da cadeira. "Nós crescemos lá."

"Sim, mas agora, você e seus irmãos estão crescidos e se mudaram, deixando Maureen sozinha naquela casa enorme." Ele andou até a mesa, com a xícara na mão, e desbloqueou a tela do computador. "Talvez, se você e seus irmãos dessem uma razão a ela para ficar com uma casa tão grande, digamos, enchendo a casa no Natal, ela desista da ideia de vendê-la."

Adam se aproximou da mesa lentamente. "O que você está tramando agora, Bates?"

"Eu, senhor?" Ele apontou para a tela. "Estou calculando o valor de mercado da casa da sua mãe. Ela poderia lucrar bastante na venda."

"Não se atreva a dizer isso a ela."

"Então, eu sugiro que você converse com os seus irmãos e ache uma forma de convencê-la a não vender."

Adam se afastou, apertando os olhos em uma expressão determinada. "Farei isso."

Rupert deu um sorriso educado que mascarava a sua satisfação interna por ter manipulado o seu chefe a fazer algo que deixaria Maureen feliz.

Juntos, eles lhe dariam o presente de Natal que ela queria.

Capítulo 7

Maureen seguia o tráfego lento na Rodovia Edens, cantarolando junto com as canções de Natal no rádio. O seu encontro com Gretchen havia sido muito mais proveitoso do que ela imaginava. Elas encontraram uma linda banheira antiga que ficaria perfeita em um dos apartamentos. Depois, encontraram um azulejo belíssimo que adicionaria um toque moderno ao banheiro e complementaria a fusão de histórico e moderno que elas esperavam criar. Finalmente, elas concordaram em usar armários de cerejeira estilo Shaker para as cozinhas. E com cada decisão, ela ficava mais entusiasmada para começar as reformas.

Então, "I'll Be Home For Christmas"[1] começou a tocar e, sem nenhum aviso, seus olhos se encheram de lágrimas. A alegria de momentos atrás havia desaparecido, deixando uma dor vazia para trás. Ninguém passaria o Natal em casa este ano.

Sua solidão continuou a crescer com a lembrança de que ela estava indo para uma casa vazia. Uma lágrima escorreu pelo seu rosto.

Pare de sentir pena de si mesma, sua mente a repreendeu. *Você é mais forte do que isso.*

Ela pegou um lenço na bolsa e se olhou no espelho para conferir se o rímel não tinha escurecido seus olhos. Então, ela usou o Bluetooth do carro para ligar para Emilia.

Quando a sua amiga atendeu, ela perguntou, "Você tem algum compromisso para hoje à noite?"

"Não. Eu acabei de chegar em casa."

Maureen checou o horário previsto de chegada em Highland

Park na tela do GPS. "Que tal você me encontrar no Abigail's em 20 minutos?"

Emilia riu. "Você conseguiu fazer reserva lá?"

"Ainda não, mas vou conseguir." Às vezes, era bom ser amiga da hostess.

"Você conhece todo mundo?"

"Não, mas estou sempre disposta a conhecer pessoas novas. Vejo você daqui a pouco."

Ela desligou e ligou para o restaurante, fazendo a reserva para as duas depois de uma conversa curta e agradável com Kara, hostess e uma das ex-colegas de escola de Gideon.

Emilia estava esperando por ela quando chegou, e alguns minutos depois, elas estavam sentando em uma das mesas no restaurante lotado.

"Você está melhor?" Maureen perguntou depois que os pedidos haviam sido feitos.

"Muito melhor. E eu fiquei muito feliz em saber que você ganhou o torneio. Eu estava tão triste por ter que decepcionar você."

"Você não pediu para pegar gripe. E o Rupert foi muito gentil, se oferecendo para me salvar. Eu admito que estava preocupada inicialmente, porque não sabia se nós jogaríamos bem juntos, mas depois que o jogo começou, foi como se nós estivéssemos jogando juntos há anos."

"Rupert?" Emilia se aproximou. "Não é o homem que trabalha para o Adam?"

"Sim, e ele tem sido um anjo ultimamente." Ela começou a falar sobre o imóvel que estava restaurando e toda a ajuda que ele havia lhe dado. Antes que ela percebesse, as duas haviam terminado de jantar e estavam recebendo a conta.

---

[1] - Canção de Natal. Título traduzido: "Eu estarei em casa no Natal"

Emilia deu um sorriso sugestivo para ela. "Você claramente admira o Rupert."

"Claro que admiro." O calor subiu pelo seu pescoço e maxilar. Ela queria colocar a culpa nos calorões da menopausa, mas depois de hoje, ela se perguntou se a razão era outra.

Hora de abordar o assunto que ela queria discutir com a amiga. "Emilia, você pensou em namorar de novo depois que o Paul morreu?"

Sua amiga piscou rapidamente várias vezes antes de balançar a cabeça. "Eu era uma mãe solteira com uma filha pequena para cuidar. Não havia tempo para namorar."

"Mesmo depois que a Lia cresceu e saiu de casa?"

"Eu já estava muito acostumada com as coisas do meu jeito," Emilia respondeu com uma risada. "Mas eu imagino que esse não seja o seu caso."

O coração de Maureen pulou novamente ao pensar em Rupert. "Talvez, mas eu não consigo deixar de sentir culpa por me interessar por outro homem. Mike foi o amor da minha vida, e nós tivemos muitos anos felizes juntos."

"Você realmente acha que ele iria querer que você passasse o resto da sua vida sozinha?" Emilia baixou a voz para um sussurro conspiratório. "Principalmente quando existe alguém que claramente faz você feliz?"

Ela girou a aliança no seu dedo. Mike ficaria bravo se ela namorasse Rupert? Quanto mais ela pensava no assunto, mais a sua culpa inicial se esvaía. Mike sempre gostou muito de Rupert. Ele certamente daria a sua bênção a qualquer relacionamento que ela tivesse com Rupert.

Mas e os seus filhos?

O toque de uma mão na dela a afastou dos seus pensamentos. Ela levantou os olhos e viu a amiga com o mesmo sorriso sugestivo novamente.

"Eu entendo o que você pode estar sentindo, o que pode estar fazendo você hesitar, mas ouça o seu coração, Maureen, e reze.

Você vai receber a sua resposta."

Ela apertou a mão da amiga. "Obrigada."

Maureen assinou o cheque e se levantou da mesa. "E enquanto eu estiver rezando, posso fazer algumas orações por Adam e Lia."

"Nem me fale. Eu estou rezando para ter netos desde que eles se casaram." Emilia fez o sinal da cruz. "Espero que a viagem deles para o Havaí tenha sido proveitosa."

Elas riram juntas e andaram até o estacionamento, onde Emilia lhe deu um abraço de despedida. "Você é uma pessoa boa, Maureen—nunca se esqueça disso—e você merece toda a felicidade que puder encontrar."

"Eu só preciso de uma boa amiga para me lembrar disso." Ela acenou para a amiga e foi para casa.

Quando entrou em casa, a única recepção que teve foi Jasper, insistindo em sair para a rua depois de ficar preso dentro de casa a tarde toda. Mas ela o ignorou e parou na frente de uma foto de família pendurada sobre a lareira. Ela havia sido tirada há mais de 25 anos. Nela, Gideon, seu filho mais novo, ainda estava usando fraldas. Mas a sua atenção se fixou no homem bonito e sorridente atrás dela, com a mão no seu ombro, e seus olhos se encheram de lágrimas.

"Por favor, me dê um sinal, Mike," ela sussurrou.

Capítulo 8

"Eu sei que a Jenny está grávida, mas ela vai completar só seis meses," Adam argumentou com o irmão Dan no telefone. "A Sarah também está grávida, e ela vai vir."

"Mas as coisas estão complicadas no trabalho, e alguém teria que cobrir o meu plantão..."

"Eu já disse que a mamãe está falando em vender a casa?"

Seu irmão mais novo pareceu voltar toda a atenção para ele. "O quê?"

"Você me ouviu. Ela está triste porque nenhum de vocês viriam passar o Natal em casa e está dizendo que a casa é grande demais para ela."

"Mas nós fomos no ano passado."

"E a Jenny também estava grávida." Adam se apoiou na mesa de trabalho e suspirou. "Por favor, Dan, mesmo que seja apenas no dia de Natal. Eu fretei um voo para o Frank trazer a família na manhã de Natal e voltar para Atlanta à noite. Eu posso fazer o mesmo para você."

Uma batida suave na porta interrompeu a conversa. Bates estava parado na porta com uma pasta na mão. Quando Adam sinalizou para que ele entrasse, Rupert colocou a pasta na mesa e saiu.

"Então, me deixe conversar com a Jenny."

"Obrigado." Adam desligou e riscou o nome de Dan. Até agora, ele havia recrutado Ben, Frank, Ethan e Gideon para a festa de Natal. Caleb ainda estava esperando a permissão do seu comandante, mas pelo menos, ele havia conseguido que a maioria dos seus irmãos viessem passar o Natal na casa da mãe.

Ele abriu a pasta e descobriu que Bates já havia organizado as viagens para cada um dos irmãos que haviam confirmado presença, incluindo os voos fretados para os atletas profissionais que estavam no meio das suas respectivas temporadas. Eles poderiam ficar apenas um dia, mas o peito dele se encheu de orgulho ao ver que eles fariam o esforço. E, exatamente como ele esperava, Bates havia conseguido organizar as chegadas no horário em que a mãe deles estaria na missa.

Ele pegou a pasta e foi até o escritório de Bates, apenas para encontrá-lo preparando-se para sair. "Está indo a algum lugar?"

"Sim, Sr. Kelly," Bates respondeu enquanto vestia o casaco. "Eu preciso checar o progresso dos imóveis de Lincoln Park e Humboldt Park."

"A Lia tem estado bastante preocupada com a possibilidade do restaurante não estar pronto para abrir na data marcada."

Bates enrolou o cachecol no pescoço. "É por isso que eu estou indo lá para lembrar os operários da data combinada para o término da reforma."

"Eu não sei o que eu faria sem você." Adam ergueu a pasta com os itinerários dos seus irmãos como um exemplo. "Obrigado por tudo o que você fez."

"Eu sei o quanto isso significa para a sua mãe." Ele andou em direção à porta, mas pausou. "Eu estou certo em deduzir que isso será uma surpresa para ela?"

Adam confirmou. "E como eu tenho uma leve suspeita de que você vai encontrá-la na casa de Humboldt Park, por favor, mantenha a surpresa."

Bates deu dois toques na lateral do nariz com o dedo, em sinal de entendimento, e piscou antes de sair do escritório.

Adam voltou para o seu escritório e olhou para o horizonte da cidade, pela janela. Duas semanas atrás, ele estava no ar, voando para o Havaí, e mesmo que estivesse feliz por estar em casa, ainda havia uma parte dele que desejava estar naquele paraíso tropical mais uma vez. Mas, com apenas 11 dias até o Natal, ele precisava organizar tudo para a festa. Ele nunca imaginou que seria tão trabalhoso, e se perguntou como a mãe conseguia organizar tudo, ano após ano, sem enlouquecer.

As luzes de Natal brilhavam nas ruas, lembrando-o que a mãe não havia sequer se dado ao trabalho de decorar a casa. Os cantos da sua boca se curvaram para baixo. As festas de fim de ano sempre foram muito importantes para a mãe dele, desde a coleção de enfeites que ela havia começado quando ele ainda era uma criança, até a guirlanda de pinho fresco pendurada sobre a lareira. Sem estas coisas, a casa não estaria pronta para o Natal.

Ele começou a digitar o número de Bates para pedir que ele comprasse uma árvore e todos os enfeites para a mãe, mas pensou melhor e desistiu. Bates estava ocupado com outras coisas, e sua mãe desconfiaria de algo se recebesse uma árvore de Natal em casa. Era melhor esperar e convencer a sua mãe a decorar a casa. Talvez, neste fim de semana…

Ele desviou o foco para a pilha infinita de trabalho que precisava da atenção dele, e depois de pouco tempo, era hora de buscar Lia no La Arietta.

Ela estava esperando na garagem quando ele chegou.

Seu estômago se apertou de preocupação. Geralmente, ela ainda estava na cozinha àquela hora, terminando a limpeza e repassando as vendas da noite. "Você está doente?"

Ela balançou a cabeça, mas quando entrou no carro, seus movimentos demonstravam seu cansaço. "A noite foi longa. Julie se ofereceu para terminar tudo para mim."

Ele se aproximou e colocou a mão na testa dela. "Você está um pouco quente."

"Eu acabei de sair da cozinha." Ela afastou gentilmente a mão dele e colocou o cinto de segurança. "Pode ser que eu tenha pego a gripe da mamãe."

"Você acha que ela ainda está contagiosa? Quer dizer, fazem duas semanas desde que ela ficou doente."

"Eu não sei. Eu só me sinto meio...estranha." Lia recostou a cabeça no banco e fechou os olhos.

Adam considerou as causas possíveis do mal-estar de Lia durante a ida para casa. Estresse. Muito trabalho. Mudança de fuso horário depois da viagem. Deficiência de vitamina B12 ou hormônio da tireoide. Mas independentemente das possibilidades que surgiram na sua mente, havia sempre uma explicação que lhe trazia esperança.

"Lia, quando você menstruou pela última vez?"

Ela levantou a cabeça rapidamente, com os olhos confusos. "Eu acho que foi há quatro semanas. Deixe-me ver."

Ela abriu um aplicativo no celular. "Sim, quatro semanas atrás, desde ontem."

O coração dele pulou ao chegar a conclusão que esperava. "O que significa que você está um dia atrasada."

Uma emoção estranha surgiu no rosto dela. Ele não conseguia dizer se era esperança ou surpresa. "Eu não estou grávida, Adam."

"Você poderia estar."

"Eu não estou." Ela fechou os olhos novamente, em uma tentativa de encerrar o assunto.

"Prove," ele a desafiou.

"Tudo bem. Eu vou fazer o teste de gravidez e provar que você está errado quando chegarmos em casa," ela respondeu com os olhos fechados.

Quando chegaram no apartamento, ela foi direto para o banheiro e abriu a porta alguns minutos depois. "Inicie o cronômetro."

Eles haviam passado pelo mesmo processo tantas vezes que ele já tinha um cronômetro programado no seu celular. Ele o ativou e a abraçou. "Aconteça o que acontecer, eu amo você."

"Eu também amo você." Ela o beijou e adicionou, "E, quem sabe, talvez você esteja certo."

"Seria bom não precisar lidar com a FIV." Ele riu ao se lembrar do que a mãe havia dito sobre as águas de Maui serem mágicas.

"Talvez, a nossa pequena viagem tenha sido tudo o que nós precisávamos para fazer as coisas funcionarem."

Ela riu, mas seus olhos se escureceram de desejo. "Talvez, nós tenhamos que trazer um pouco do Havaí para casa."

"É uma ótima ideia," ele respondeu, lembrando das noites de paixão que haviam tido lá.

O cronômetro parou.

Ele a encarou e viu a mesma ansiedade nos seus olhos. De mãos dadas, eles entraram no banheiro e olharam para o pequeno pedaço de plástico branco.

Os ombros de Lia se encolheram com a decepção. "Negativo." Ela pegou o teste com um pedaço de papel higiênico e o jogou fora. "Eu disse que não estava grávida."

Ele beijou a testa dela. "Nós vamos continuar tentando."

"Eu sei. Mas agora, eu só quero dormir." Ela passou por ele e vestiu uma camiseta antiga que gostava de usar para dormir antes de cair na cama.

Adam se apoiou sobre o balcão do banheiro e encarou o seu reflexo no espelho. Era tão egoísta da parte dele querer um filho? Eles poderiam ser felizes mesmo sem filhos?

A frustração sugou o resto da sua energia. Ele tirou a roupa e deitou na cama, segurando Lia nos braços em uma noite longa e sem descanso.

Capítulo 9

Rupert franziu o rosto ao chegar na porta da casa de Maureen. Faltava uma semana para a véspera de Natal, e ela não havia se dado ao trabalho de pendurar uma guirlanda. Muito incomum para ela.

Isso tornou a visita dele ainda mais necessária. Mesmo que tivesse concordado em manter os planos de Adam em segredo, ele se recusava a deixar os Kelly virem para uma casa sem nenhum traço da alegria natalina de sempre.

Ele esfregou as mãos na única calça jeans que tinha e tocou a campainha.

Maureen atendeu, usando um blusão macio e azul que combinava com os seus olhos. "Rupert, o que você está fazendo aqui no domingo?"

"Eu passei por aqui para ajudar você a decorar a casa para o Natal." Ele apontou para o pinheiro de dois metros preso em cima da sua Mercedes. "Eu até tomei a liberdade de lhe trazer uma árvore."

"Realmente, você não precisava ter feito isso—" Ela foi interrompida por Jasper, tendo que segurá-lo pela coleira antes que o cão agitado o derrubasse.

"Pelo contrario, eu acho que precisava sim. Você tem estado chateada, Maureen, e eu decidi que você precisava de algumas bolinhas de Natal e panetone na sua vida, antes de se transformar em Ebenezer Scrooge[2]."

Isso o fez ganhar um dos sorrisos iluminados dela. "Eu acho que você está certo, Rupert. Eu tenho estado chateada mesmo."

"Então, vamos corrigir isso."

"Me dê alguns minutos para colocar minhas botas de neve." Ela o convidou para entrar enquanto vestia as botas e o casaco. "É um abeto balsâmico?"

"Sim."

"Meu favorito." Seu sorriso se alargou, e ela caminhou na direção da neve.

O peito dele se encheu de orgulho. Ela havia reconhecido o quão detalhista ele era. "Eu queria ter certeza de que estava escolhendo a árvore perfeita para você."

Juntos, eles cortaram as cordas que seguravam a árvore no carro e a arrastaram até a varanda, com Jasper latindo entusiasticamente entre eles. Depois de algumas sacudidas rápidas para remover a neve nos ramos, eles a trouxeram para dentro.

Ele não esperou por instruções de onde colocá-la. Décadas de festas de Natal com a família Kelly eram suficientes para que ele conhecesse o espaço reservado à árvore de Natal.

Maureen riu quando ele recostou a árvore na parede, no canto da sala de estar, ao lado da lareira. "Você não trouxe um suporte para ela, não é?"

"Não, porque achei que você já tivesse um." Ele afastou os galhos que haviam caído no chão com o pé. "E sinto muito pela bagunça."

"Isso faz parte do Natal." Ela tirou o casaco e chutou as botas para o canto. "Você se importa em me ajudar a pegar as coisas de Natal no sótão?"

"Seria um prazer."

Eles passaram a próxima meia hora movendo caixas até encontrarem as que precisavam. Em um certo momento, quando ela tocou no braço dele, ele percebeu uma certa surpresa. Um sorriso tímido se seguiu, e a pulsação dele acelerou. Momentos como esse lhe davam esperança de que ela o visse como mais do

---

[2] - Personagem principal da história Um Conto de Natal (1843), de Charles Dickens.

que apenas um funcionário.

Mais do que apenas um amigo.

Eles estavam enchendo o suporte da árvore com água quando a campainha tocou novamente. Maureen não teve a chance de atender antes que a voz de Adam ecoasse no hall de entrada. "Mãe?"

"Na sala de estar, querido." Ela se ajoelhou para apertar os parafusos que mantinham a árvore no lugar, e pendurou o pano que cobria o suporte. "Veja que árvore linda o Rupert trouxe."

Ele se virou e viu seu patrão parado na porta, de queixo caído, segurando um pinheiro-da-escócia de um metro e meio, ignorando a bola de pelo branco que pulava na sua frente. "Bates, você não me disse que ia trazer uma árvore."

"Eu acho que deveria ter informado o senhor de que eu estava disposto a assegurar que a sua mãe entrasse no espírito de Natal." *E, pelo menos, eu lembrei que ela gostava mais de abetos do que de pinheiros.*

Adam olhou para a árvore extra com um sorriso seco. "Eu imagino que esta não será necessária, então."

"Nada disso." Maureen correu para o lado dele e beijou o seu rosto. "Podemos achar espaço para ela na sala de jantar. Eu acho que tenho um suporte extra em uma dessas caixas."

Enquanto ela procurava pelo suporte, Adam olhou para ele com um olhar intrigado.

Rupert fez o que pôde para ignorá-lo. O que ele fazia no seu tempo livre não era da conta do seu patrão. Mas, por mais que tentasse, ele não conseguia abafar completamente o seu medo interno de que Adam descobrisse o que ele sentia por Maureen.

"Aqui está." Maureen tirou um suporte antigo de uma das caixas e sinalizou para que Adam a seguisse até a sala do lado. "Vamos dar um pouco de água para esta árvore."

Adam a seguiu, mas lançou mais um olhar questionador ao sair.

Rupert correu o dedo pela gola da camisa. Agora seria uma ótima hora para ir embora, mas sempre que ele considerava a saída da covardia, seu sangue fervia. Depois de anos fazendo o papel do amigo, ele finalmente estava progredindo. Maureen parecia estar começando a vê-lo como mais do que isso, finalmente. E, se ele fugisse agora, poderia perder o progresso que havia feito.

Então, ele decidiu arriscar mais.

Quando Maureen e Adam voltaram, ele havia ligado o aparelho de som, tocando canções de Natal que ecoavam pelo primeiro andar da casa.

Os olhos dela brilharam. "Finalmente, estou começando a entrar no espírito natalino."

"Ótimo," ele respondeu, dando a ela uma caixa cheia de enfeites, "porque uma luz tão brilhante quanto a sua jamais deveria se apagar."

"Oh, Rupert," ela disse, com uma risadinha tímida, antes de pegar a caixa e levá-la até a árvore.

Adam assistiu o diálogo entre eles com uma expressão enigmática.

A ansiedade apertou o estômago de Rupert.

"Eu sei que você tem mais coisas de Natal do que isso, mãe," Adam disse, finalmente. "Bates, você pode me ajudar a pegar o resto?"

"Claro." Ele seguiu o patrão pelas escadas, lembrando a si mesmo de que tinha todo o direito de estar ali.

Adam não falou até que eles estivessem seguros no sótão e longe de Maureen. "O que você está fazendo aqui?"

"Eu imagino que seja o mesmo que você está fazendo." Ele caminhou pelo sótão lotado, procurando as outras caixas. "Eu fiquei bastante preocupado ao ver que a sua mãe não havia decorado nada para o Natal, então decidi dar um empurrãozinho na direção certa."

"Eu quero que a vinda dos meus irmãos seja uma surpresa."

"E será." Ele encontrou uma caixa e a tirou da prateleira. "E agora, eles terão o Natal que sempre esperaram da sua mãe, mesmo que ela não esteja a par do que irá acontecer."

Adam o segurou pelo braço quando ele tentava escapar do

sótão. "Me diga a verdade, Bates, o que você está fazendo aqui?"

Ele queria dizer que a mãe de Adam era uma mulher adulta, viúva há mais de cinco anos, e podia fazer tudo o que quisesse, mas esta resposta ficou presa na sua garganta como um pedaço de carne dura. "Eu estou aqui para ajudar uma velha amiga, cuja família se tornou ocupada demais com suas próprias vidas e famílias para visitá-la."

Adam deu um passo para trás, como se tivesse levado um tapa. Ele soltou o braço de Rupert, com um misto de ira e culpa no rosto. "Eu estou aqui."

"Sim, e talvez eu devesse ter contado os meus planos para você antes, mas eu sei que você está ocupado com a sua esposa e tentando coordenar tudo para o Natal, e eu queria ajudar de alguma forma." Ele desviou de Adam. "Agora, se você me der licença, eu acho que a sua mãe adoraria ter o seu presépio favorito montado na mesa ao lado da lareira."

Capítulo 10

Adam ficou afastado enquanto sua mãe e Bates riam com os fios enrolados dos pisca-piscas e as tentativas de Jasper de aumentar o caos. Uma sensação estranha se formou no peito dele ao observá-los. Ele não via a mãe tão feliz desde quando seu pai ainda estava vivo.

Bates sabia o tipo de árvore que ela preferia. Ele sabia onde ela colocava as decorações tradicionalmente. Ele sabia como ela gostava do seu café. Ele sabia o prato que ela mais gostava de pedir pelo telefone, como ficou demonstrado pelo almoço que ele pediu para todos. Ele sabia como fazê-la sorrir. E ele sabia como trazer de volta a alegria que Adam não via nela desde a morte do pai.

Mas não era apenas a constatação de que Bates conhecia a sua mãe como ninguém. Eram os olhares secretos que ele havia visto entre eles. Os sorrisos tímidos e os toques discretos, porém inocentes, que provocavam uma sensação de intimidade calorosa entre eles. Eles haviam sido amigos há anos, mas ele estava começando a desconfiar de que o relacionamento estava evoluindo para um novo patamar.

O problema era que ele não sabia exatamente como se sentia a esse respeito. Ele queria que a mãe fosse feliz. E Bates era um homem que ele respeitava, que tratava a sua mãe com respeito. Mas a sua lealdade à memória do pai o impedia de admitir totalmente a ideia deles como um casal.

A alegria no rosto da mãe quando provocava Bates, dizendo que ele estava obcecado demais com o espaçamento entre as luzes, serviu como um soco no estômago. Ele estava sendo egoísta demais achando que a mãe jamais encontraria o amor com outra pessoa.

Mas o que ele diria aos irmãos? Eles teriam a mesma opinião? Adam duvidava que Ethan ou Gideon tivessem qualquer problema com Bates. Ben, Caleb e Dan também não. Entre todos os seus irmãos, Frank poderia ser o mais difícil de convencer, já que havia sido tão próximo do pai e o mais afetado pela sua morte.

Ele esperou até que a mãe saísse da sala para fazer chá antes de abordar Bates. "Você está fazendo muito bem a ela."

O rosto de Rupert se encheu de preocupação. "Estou?"

Adam confirmou. "Continue assim."

Foi a sua maneira de dar sua bênção ao casal.

Então, ele foi até a cozinha e acariciou Jasper. "Parece que o Bates tem tudo sob controle," ele disse à mãe. "Eu vou para casa preparar um jantar para a Lia."

"Ela não está trabalhando esta noite?"

"Ela trabalhou no horário de almoço, mas decidiu tirar a noite de folga. As longas horas de trabalho estão a deixando sem energia."

Um sorriso esperançoso começou a surgir no rosto da mãe, mas ele a interrompeu antes que ela tirasse conclusões precipitadas. "E não, ela não está grávida."

O teste negativo da outra noite ainda o perturbava. A menstruação de Lia ainda estava atrasada, mas ela continuou a atribuir isso ao estresse.

"Então, seja um bom menino e cuide dela." Ela beijou o seu rosto. "E não se preocupe demais. Coisas incríveis acontecem quando você menos espera."

Ele não tinha certeza se ela estava se referindo às suas esperanças de começar uma família ou ao seu novo relacionamento com Bates, mas ele concordou da mesma forma.

"It's Beginning to Look a Lot Like Christmas[3]" começou a

---

[3] - Canção de Natal. Tradução do título: "Está começando a parecer Natal"

tocar, e ela pulou de alegria. "Bem apropriado para o momento, você não acha?"

Ele inspirou os aromas de velas de canela e galhos de pinheiro, absorveu a batida alegre da música e observou as decorações familiares que transformavam a casa da família em algo majestoso durante as festas. "Com certeza."

Ele acenou para Bates ao sair. "Vejo você amanhã."

E no caminho até o carro, ele se viu assoviando com a música que tocava dentro da casa.

Capítulo 11

Maureen ficou parada atrás de Rupert e admirou o fogo que ele estava alimentando na lareira. "O toque final perfeito."

E, no entanto, ao observar a sala de estar imbuída do espírito natalino, seu coração se apertou. A alegria das festas não aplacava a sua solidão. Tudo aquilo apenas a lembrou de que seus filhos não estariam em casa este ano.

Rupert notou. "Você não tem permissão para ficar triste no Natal," ele a repreendeu.

"É difícil não ficar triste este ano."

"Então, por favor, permita-me alegrar você." Ele a segurou nos braços e dançou ao som da música suave que tocava ao fundo.

Ela pousou a cabeça no ombro dele sem pensar duas vezes. Parecia tão natural, tão reconfortante.

Tão perfeito.

A agitação em seu estômago ameaçou retornar, mas foi interrompida quando ela percebeu qual música estava tocando.

"I'll Be Home for Christmas[4]."

E, sem explicação, ela começou a sentir as lágrimas encherem seus olhos novamente.

Rupert a abraçou enquanto dançavam. Mesmo sem olhar para o seu rosto, ele sabia que ela estava prestes a chorar.

"Esta era a música favorita da minha mãe," ele sussurrou. "Meu pai estava no exército durante a guerra, e ela disse que tocou a gravação de Bing Crosby tantas vezes naquele primeiro Natal em que ele esteve fora, que estragou o disco."

Maureen riu e levantou a cabeça para olhar para ele. "E eu

aposto que ela comprou outra cópia."

"Você se esquece que isso aconteceu durante os ataques aéreos, quando luxos como esse eram difíceis de se obter." O rosto dele se abriu em um sorriso. "Ela comprou todas as cópias que encontrou no mercado negro."

Ela riu novamente.

"Enquanto algumas mulheres faziam qualquer coisa por um par de meias de seda, a minha mãe queria apenas o conforto do Bing." O brilho nos olhos castanhos de Rupert afastaram o último traço de tristeza dela.

"Havia alguma razão para isso?"

"Ela disse que era porque a voz dele a lembrava da voz do meu pai." Ele acelerou a dança e começou a cantar com a música. *"I'll be home for Christmas, If only in my dreams."*

Ele era tão desafinado que ela não pôde deixar de rir mais uma vez.

"Obviamente, eu não herdei a voz do meu pai," ele disse, com um encolher de ombros.

A próxima música era "Baby, It's Cold Outside," e ele passou para um foxtrot rápido.

"Você pode não ter uma carreira como cantor, mas é um dançarino excelente, Rupert."

"E eu achei que todas as aulas de dança que eu fui forçado a fazer na minha adolescência fossem um saco e uma perda de tempo." Ele se inclinou para a frente até que o seu nariz tocasse no dela, os cantos dos seus olhos franzindo em um sorriso.

"Saco? Meu Deus!" ela declarou, se abanando.

Eles riram juntos e continuaram a dançar pela sala.

Era o dia mais divertido que ela havia tido desde…

Desde o torneio de bridge, duas semanas atrás.

E, de repente, ela entendeu. Maureen estava se apaixonando ainda mais por ele.

Mas, desta vez, ela não sentiu a culpa que havia sentido antes.

"Maureen?" ele perguntou.

Só então, ela percebeu que os dois haviam parado de dançar.

Ela olhou para ele. "Rupert, eu…"

Sua coragem sumiu. *Será que eu estou tendo expectativas demais sobre o que está acontecendo? E se ele quiser continuar sendo apenas um amigo?*

Ele a soltou e deu um passo para trás, focando o olhar nos sapatos. "É melhor eu ir. Eu tenho que trabalhar amanhã e—"

Ela o silenciou, pousando a mão sobre o coração dele. A batida frenética se igualava à dela.

Seus olhares se encontraram, e ela viu traços da mesma incerteza, do mesmo desejo.

Ele ergueu o braço, seus dedos tocando suavemente o rosto de Maureen. Ele a encarou como se fosse a mulher mais linda do mundo.

Era a confirmação que ela precisava antes de se erguer nas pontas dos pés e pressionar seus lábios nos dele em um beijo hesitante.

Um segundo depois, ele retornou com um beijo pelo menos 10 vezes mais apaixonado do que o dela. Seus braços fortes a seguraram, puxando-a para mais perto. Cada toque demonstrava o desejo, o amor, coisas que ela nunca havia esperado dele, e que, no entanto, pareciam tão naturais quanto respirar. Uma energia de juventude correu pelas suas veias, despertando o desejo que ela pensou estar dormente há muito tempo. Ela o desejava.

Ela podia até estar apaixonada por ele.

Mas tudo isso deixava apenas uma pergunta não respondida. Há quanto tempo ele estava escondendo sua afeição por ela?

Quando seus lábios finalmente se separaram, ambos estavam sem fôlego.

A expressão dele era de dúvida, e ele começou a se afastar, até que ela o impediu novamente.

"Fique," ela sussurrou, antes de beijá-lo novamente.

Capítulo 12

Rupert se acordou antes do amanhecer. Inicialmente, ele não sentiu nada, além da mesma felicidade com a qual havia dormido, com Maureen nos seus braços. Ela tinha agido com toda a paixão que ele esperava dela, e, ao fim da noite, ambos estavam saciados e exaustos.

Mas o pânico logo se seguiu.

Ele havia dormido com a chefe.

Ou, para ser mais preciso, ele havia dormido com a mãe do chefe.

Ela não precisou forçá-lo. No momento em que ela o pediu para ficar, ele aceitou com prazer. E a adrenalina correndo pelas suas veias não vinha dela, mas do medo do que Adam diria se soubesse. Ele provavelmente seria demitido.

O suor brotou na sua testa, e ele saiu da cama, tomando cuidado para não acordá-la. O relógio dizia 4:13. Com alguma sorte, ele poderia chegar em casa, tirar o perfume dela do corpo com um banho e se apresentar para o trabalho mais cedo. Adam não precisaria saber de nada.

Assim que esta ideia passou pela sua mente, a decepção temperou seus movimentos. Ele não queria apenas uma noite. Ele queria semanas, meses, anos disto. Ele queria casar com ela.

Mas Adam e seus irmãos aceitariam o relacionamento?

Ele estava vestindo as calças quando ela murmurou o nome dele e sentou na cama.

"O que você está fazendo?"

Ele ficou paralisado, com o estômago em um grande nó. Por

algum golpe de sorte, ele conseguiu sinalizar para o relógio. "Eu preciso me arrumar para o trabalho."

"Tão cedo?"

"Preciso ir para casa e me trocar." Ele correu para fora do quarto, com medo de que, se ficasse um pouco mais, não quisesse mais ir embora.

Ela o chamou. Jasper o seguiu até a porta, mas ele continuou correndo até ligar o carro e fugir.

Covarde!

A neve fresca cobria as ruas vazias. Em pouco tempo, as pás viriam e arruinariam a beleza, mas a cena acalmou seus nervos em frangalhos.

Ele amava Maureen.

Ele queria se casar com ela.

Mas primeiro, ele precisava apaziguar os homens cujo pai ele estaria substituindo.

E isso o aterrorizava ainda mais do que propor casamento a ela.

Ele começou a solidificar seu plano durante a viagem para casa. Felizmente, seus filhos viriam passar o Natal com ela. Talvez, ele pudesse convidá-los para tomar uma cerveja e pedir sua permissão. Por um momento, ele achou a ideia de se dar ao trabalho de pedir a permissão deles hilária. Maureen era uma mulher articulada e determinada que nunca precisou da permissão de um homem para fazer qualquer coisa. Mas, ao mesmo tempo, talvez fosse melhor para os seus filhos se ele pelo menos tentasse expressar seu amor por ela a eles.

Merda! Ele não conseguiria sequer dizer essas palavras para ela. Mesmo quando gozou, ele não conseguiu dizer as três palavras que, ele sabia, expressavam a verdade do seu coração. *Droga de repressão inglesa de emoções.*

A água quente do chuveiro caiu sobre ele enquanto considerava as suas opções.

Ele precisava dizer a Maureen que a amava antes de fazer qualquer outra coisa.

Depois disso, ele precisava decidir o que fazer—fazer o pedido de casamento a ela ou aos seus filhos primeiro.

Claro, ele ainda precisava encontrar uma aliança.

E decidir o que diria.

E rezar para que não estivesse tirando conclusões precipitadas apenas por que ela havia pedido a ele para ficar.

Quando chegou no trabalho, seus nervos estavam à flor da pele. Ele não conseguia focar na sua lista de tarefas. As palavras na tela se misturavam, até que ele não conseguisse sequer ler seu e-mail. Ele pulava cada vez que o telefone tocava, até que ele fez o impensável e o desligou.

Eu não posso viver assim, ele pensou, passando a mão pelo cabelo.

Era quase meio-dia, e ele não havia feito nada.

Então, o mundo desabou.

"Rupert," Maureen disse, parada na porta do seu escritório, "precisamos conversar."

Sua boca secou no segundo em que viu a fúria no rosto dela. Ele a viu brava apenas algumas vezes—na maioria, quando um dos seus filhos se envolvia em encrenca. Geralmente, era Frank que causava esta reação intensa nela. Mas a ideia de que ele havia feito algo para merecer aquele olhar firme o assustava profundamente.

Ele se levantou da cadeira, seus joelhos à beira de ceder, apenas para que ela o mandasse sentar.

Ela fechou a porta e ficou parada do outro lado da sala, com os braços cruzados. "Você saiu com muita pressa hoje de manhã."

Ele atropelou as palavras enquanto tentava racionalizar suas ações. "Eu tinha que trabalhar."

"Você fugiu."

"Não fugi. Eu—"

"Não minta para mim, Rupert." Ela desviou o olhar, com o rosto retorcido de desgosto.

Cada batida do coração dele era uma pancada na sua consciência. "Maureen, por favor…" ele começou, mas não encontrou as palavras para continuar.

"Eu achei que você fosse alguém especial," ela disse, cheia de amargura nas palavras. "Eu achei que você gostasse de mim. E eu foi tola o bastante para acreditar."

"Eu gosto de você, Maureen."

"Então, demonstre." Ela não piscou ao fazer o desafio.

Ele permaneceu paralisado, sem conseguir encontrar as palavras certas quando mais precisava delas. Ele queria cair de joelhos e implorar pelo seu perdão, mas ela não lhe deu essa chance.

"Foi o que eu pensei," ela disse com a mais profunda decepção, e se virou para ir embora.

"Eu *gosto* de você," ele repetiu. Ele correu para demonstrar isso com um beijo apaixonado, mas ela o impediu, erguendo a mão na sua frente.

"Você está mentindo agora? Ou não tem convicção para dizer o que realmente sente?"

Ele tentou responder, mas tudo o que conseguiu fazer foi gaguejar algumas palavras incompreensíveis.

"Qualquer uma das opções é inaceitável." Ela desviou seu olhar da cabeça aos pés dele, e voltou a encará-lo. "Eu quero mais. Eu mereço mais."

Ela saiu do escritório, batendo a porta.

A cabeça de Rupert girava, e ele desabou sobre a cadeira mais próxima antes que caísse com a tontura. Ele teve o paraíso ao seu alcance, mas foi covarde demais para aceitá-lo.

E ele duvidava que tivesse uma segunda chance.

Uma batida soou na sua porta.

Ele levantou o rosto, com esperança de que ela tivesse voltado e reconsiderado a situação.

Em vez dela, Adam entrou. Ele olhou para Rupert e franziu o rosto. "Você está bem, Bates? Você não está tendo um ataque cardíaco, está?"

Ele respondeu com uma risada forçada. Ah, a ironia daquela frase. Seu coração estava partido, mas ele duvidava que a situação fosse fatal, como Adam temia. "Não precisa chamar a ambulância."

"Você tem certeza?" Adam pousou a mão no ombro dele e o examinou, com preocupação. "Você não me parece bem."

Ele apelou para o único mecanismo de defesa que ainda tinha—o humor negro. "Eu ainda estou me recuperando da visita da sua mãe."

"É por isso que eu estou aqui. Eu ouvi que ela estava no escritório."

"E ela foi embora, mas se você correr, pode alcançá-la no estacionamento."

Adam o soltou e deu um passo para trás, depois reconsiderou. "O que aconteceu?"

Ele suspirou profundamente. Se quisesse ter alguma esperança de reconquistá-la, ele precisaria de aliados, começando com o homem à sua frente. "Nós nos desentendemos."

"Sobre o quê?"

Rupert se levantou. Era a hora de ser um homem, não um covarde. E talvez—talvez—se conseguisse expressar seus sentimentos ao filho dela, ele não falhasse na próxima vez que a visse. "Estou apaixonado pela sua mãe."

Ele esperou que a sua declaração despertasse surpresa ou raiva. No entanto, Adam apenas acenou com a cabeça. "Há quanto tempo?"

"Anos."

"Por que agora?"

Ele havia lido um dia que 90% das coisas das quais as pessoas tinham medo nunca aconteciam. E o medo havia paralisado-o por tempo demais. Agora que ele sabia que não corria o risco de ser demitido—pelo menos, não por Adam—ele levantou o queixo e disse, "Porque eu cheguei à conclusão que estou cansado de esconder os meus sentimentos."

Adam andou de um lado para o outro, segurando o queixo, sem dizer nada.

A autoconfiança de Rupert diminuiu. Talvez, ele tivesse passado dos limites. "Sr. Kelly—"

"Adam." A correção do patrão foi tão firme quanto as ordens de um general. "Me chame de Adam."

Ele não havia se referido a ele dessa forma desde que Adam começou a trabalhar na Imóveis Kelly. Quando se tornou patrão de Rupert, ele virou "Sr. Kelly."

Agora, ele tinha permissão de tratá-lo como um igual. Rupert relaxou e se permitiu dar um sorriso de alívio. "Ok, Adam."

O outro homem continuou a andar de um lado para o outro. "Se a batida da porta que eu ouvi foi uma reação ao desentendimento, você realmente a irritou."

"Infelizmente."

"Mas alegre-se. Eu entendo um pouco de como pedir perdão a uma mulher." Adam parou e sorriu. "Afinal, foi assim que eu reconquistei a Lia."

"Eu agradeço toda a ajuda que você possa me dar." Ele pausou e expressou sua única preocupação. "Você não ficaria ofendido se eu pedisse a sua mãe em casamento?"

Adam piscou várias vezes, como se estivesse absorvendo a ideia antes de finalmente balançar a cabeça. "Com base no dia de ontem, parece que vocês dois seriam muito felizes juntos."

"E os seus irmãos concordariam?"

Ele pareceu ponderar sobre a pergunta, talvez, avaliando as reações de cada um dos seus irmãos. "Se eles virem o que eu vi, a resposta é sim. Mas antes que você comece a se preocupar com eles, existe uma questão mais urgente com a qual você precisa lidar."

Maureen. "Alguma ideia de como eu posso convencê-la a me perdoar?"

"Preciso saber o que a irritou primeiro."

O desconforto desagradável que ele temia entrou na conversa. Devia haver alguma maneira de falar do assunto discretamente. "Ela, hum, me acusou de falta de convicção."

"Então, você precisa encontrar uma maneira de dizer a ela o que você me disse. Mas primeiro, deixe-me preparar o terreno para você."

Rupert ergueu uma sobrancelha. "Como?"

O sorriso de Adam se alargou. "Deixe a mamãe comigo. Quando você a encontrar, ela estará pronta para ouvir o que você tem a dizer."

"Obrigado." Rupert pegou seu casaco e começou a planejar a melhor forma de pedir uma segunda chance. O peso do medo havia sido retirado, e seu coração estava tão leve quanto a neve que caía. Agora, nada podia segurá-lo.

Capítulo 13

Maureen fechou a porta da casa com força e jogou suas luvas e bolsa no sofá, decepcionada.

Jasper se escondeu em um canto, sabendo que não era aconselhável se aproximar dela quando estava de mau humor.

Eu não acredito que fui tão idiota, tão ingênua.

O comportamento de Rupert perfurou seu coração como uma faca. O pior de tudo era que ela realmente havia se apaixonado por ele. Em algum momento, ele tinha roubado o seu coração.

E agora, ele havia pisado nele.

Ela queria jogar mais alguma coisa, mas suas mãos estavam vazias.

A versão de "Have Yourself a Merry Little Christmas" cantada por Judy Garland que tocava ao fundo apenas piorava as coisas. Ela queria ser como Tootie[4] no filme, destruindo o homem de neve porque não podia ter o Natal que desejava.

O relógio na cozinha dizia que haviam passado poucos minutos das 13h. Não era cedo demais para beber algo. Ela examinou o bar e escolheu um bom e velho uísque. Ela encheu o copo e estava levando-o à boca quando o telefone tocou.

Um xingamento chegou à ponta da sua língua, mas ela o silenciou, bebendo o líquido cor de âmbar. Ele queimou até chegar ao seu estômago vazio.

Seu telefone continuou a tocar, irritantemente. Ela o tirou da

---

[4] - Personagem interpretada por Margaret O'Brien no filme "Agora Seremos Felizes (1944)

bolsa e checou o número.

Adam.

Pelo menos, não era Rupert.

"Sim, querido?" ela perguntou ao atender.

"Eu ouvi dizer que você e o Bates se desentenderam hoje de manhã."

Seu rosto queimou, e ela pressionou sua outra mão sobre ele, para resfriá-lo. O que Adam sabia sobre o que aconteceu ontem à noite? "Eu não chamaria de desentendimento," ela respondeu, com a voz trêmula.

"Não importa. Eu conversei com ele, e você não precisa se preocupar, isso não acontecerá novamente."

Ela prendeu a respiração. "O que você fez, Adam?"

"Eu dei um jeito nas coisas."

O medo congelou o constrangimento que a queimava poucos momentos antes. "Você não o demitiu, não é?"

"Ele tem feito coisas pelas minhas costas há meses, e agora, ele irritou você—"

"Adam Michael Kelly, você não tem direito de demitir o Rupert. Ele está conosco há anos, e só porque nós tivemos um pequeno problema pessoal, isso não muda o fato de que ele é um homem atencioso e prestativo, cuja lealdade a esta família não pode ser questionada."

A campainha interrompeu a sua defesa do homem com quem ela estava furiosa poucos momentos antes. Ela atravessou a casa para ver quem era pela janela.

Em vez do carteiro, Rupert estava na frente da sua porta.

"Falo com você depois," ela disse. "Agora, eu preciso consertar o que você fez."

Ela abriu a porta e encontrou um homem penitente.

"Eu vim me desculpar," Rupert disse.

"Entre."

Ele balançou a cabeça. "Não até que eu diga o que preciso dizer."

Ela cruzou os braços para se proteger do frio intenso e gesticulou para que ele continuasse. Ela o admitiria novamente na empresa, mas primeiro, queria ouvir o que ele tinha para dizer.

"Você teve todo o direito de dizer o que disse hoje de manhã, mas eu quero esclarecer uma coisa." Ele arrastou os pés, olhando para o chão. "Eu nunca menti, e o problema não era necessariamente falta de convicção. Eu tive medo das consequências."

"Rupert, eu sei que o Adam—"

"Não, por favor, deixe-me terminar antes que eu perca a coragem novamente." Ele levantou o rosto para encará-la. "Eu amo você."

Ela tentou reprimir sua expressão de surpresa cobrindo a boca, mas era tarde demais. Ele a amava?

"Eu a amo há anos, mesmo antes de ter o direito de sentir isso," ele continuou. "E quando Mike faleceu, eu disse a mim mesmo que você precisava de tempo para chorar, tempo para superar a morte do seu marido, para que existisse a possibilidade de você abrir seu coração para mim. Eu esperei pacientemente, me apaixonando mais por você com cada momento que tive a sorte de passar na sua companhia."

Ele deu um passo na direção dela. "Mas com o passar das semanas, eu comecei a acreditar que, talvez, você nunca sentisse o mesmo por mim. Eu achava que você me via apenas como amigo, que eu passaria dos limites da minha posição se me atrevesse a lhe dizer o que eu sentia. Mas hoje, eu vi o que eu deveria ter temido desde o começo." Ele tomou as mãos dela nas suas. "Perder você."

Lágrimas encheram os olhos de Maureen, mas hoje, elas não tinham nada a ver com a falta da sua família.

"Eu sei que nunca serei o homem que o Michael foi. Eu nunca poderei substitui-lo, e na verdade, eu não quero fazer isso. Eu testemunhei o quanto você o amava. Tudo o que estou pedindo é que você abra um pequeno espaço no seu coração para mim."

As lágrimas correram, deixando-a sem fala. Tudo o que ela

podia fazer era acenar com a cabeça.

"Então você vai me dar outra chance?" ele perguntou, com o rosto cheio de esperança.

Ela confirmou antes de beijá-lo.

Ele respondeu com a mesma paixão da noite anterior, e o coração dela se encheu de alegria, que transbordou dos seus olhos e correu pelo seu rosto.

Ela riu de quão absurda a situação era, e terminou o beijo que gostaria de ter continuado. Mas agora, ela finalmente havia encontrado as palavras que não conseguiu dizer antes. Ela secou o rosto com a mão. "Eu também amo você, Rupert."

"Você acaba de me fazer o homem mais feliz do mundo." Ele a puxou e a segurou nos braços, sem querer soltá-la nunca mais.

E, pela primeira vez nas últimas semanas, ela esqueceu de toda a sua solidão e tristeza. Seu coração estava cheio de amor e alegria.

Este Natal seria feliz, afinal.

Capítulo 14

Adam gemeu ao ouvir o barulho incessante do alarme que o despertou. Era a manhã de Natal. Trinta anos atrás, ele teria acordado ao amanhecer, ansioso para ver o que o Papai Noel havia trazido. Hoje, ele se esforçou para resistir a vontade de ficar embaixo das cobertas.

"Acorde," Lia sussurrou no seu ouvido. "*Buon Natale.*"

Meu Deus, ele adorava ouvi-la falar em italiano. Isso o excitava tanto quanto ver o seu corpo nu deitado ao lado dele. "Muito feliz mesmo."

Ele estava prestes a beijá-la quando seu telefone tocou.

Ele xingou ao ouvir o toque de Caleb.

"Highway to the Danger Zone" continuou a tocar até que Lia riu e o afastou. "Eu vou deixar você falar com o seu irmão."

Ao levantar, ela cambaleou e parou, segurando-se na lateral da cama.

"Você está bem?" ele perguntou, sentindo preocupação em vez da irritação com o pequeno trecho da música que não parava de soar.

"Só um pouco tonta, nada demais." A cor do rosto dela voltou ao normal, e ela andou até o banheiro sem nenhum sinal de instabilidade.

Quando ele teve certeza de que ela estava bem, Adam atendeu o telefone. "O que é, Caleb?"

"Eu consegui uma dispensa," seu irmão gritou para abafar o barulho ao fundo. "Estou pegando um avião agora mesmo. Vou estar aí ao meio-dia."

O resto da conversa foi abafado pelo barulho, mas ele respondeu, "Me ligue quando chegar."

A ligação caiu, mas pelo menos, ele havia entendido a parte mais importante. O último dos seus irmãos estava vindo para o Natal, e o plano dele estava pronto para decolar. Graças à ajuda de Bates, todos os seus irmãos estariam chegando entre 10h e 12h, enquanto a sua mãe estava na missa. Até a mãe de Lia estava participando da surpresa, oferecendo-se para ir com ela à igreja e mantê-la longe até que todos chegassem.

Ele pulou da cama e correu para o banheiro para contar as boas novas para Lia.

Ela estava inclinada sobre o balcão, com o rosto pálido.

"Lia?" ele perguntou, sentindo a alegria sumir do seu rosto.

"Eu decidi me certificar, já que a minha menstruação ainda está atrasada." Ela ergueu o teste de gravidez. "Deu positivo."

Todo o sangue fugiu do seu rosto. Agora, era ele quem precisava se apoiar em algo. "Você está grávida?"

Ela confirmou e sorriu. "Feliz Natal, *mi amore.*"

Ele a abraçou com força. Eles iam ter um bebê, e ele não podia imaginar um presente melhor. "Muito feliz mesmo."

Capítulo 15

"Obrigada pela compreensão," Emilia disse quando Maureen entrou na sua rua. "Não acredito que perdi a minha carteira. Eu lembro dela estar na minha bolsa quando saí hoje de manhã…"

"Não tem problema." Maureen viu as casas dos vizinhos, decoradas com guirlandas e luzes. Era a cena perfeita para um cartão de Natal. Os vários carros estacionados pela rua a lembraram de que este era um momento de união das famílias.

A decepção com a ideia de ter uma casa vazia no Natal não a atingia mais como um soco no estômago, mas ainda doía em seu peito. Felizmente, elas iriam para a casa de Adam e Lia em seguida, e ela não passaria o Natal sozinha.

Um sorriso curvou os seus lábios ao lembrar que haveria mais um prato na mesa. Rupert também estaria lá.

Emilia a agradeceu novamente quando entraram na garagem de Maureen. "Você se importa de me ajudar a encontrá-la? Eu não faço ideia de onde ela pode ter caído da minha bolsa."

"Claro." Ela desligou o carro e seguiu sua amiga. "Acho melhor começarmos na sala de estar."

"Surpresa!" um coro de vozes gritou no instante em que ela entrou. "Feliz Natal."

Seu coração disparou, e ela deu um passo para trás. Então, pouco a pouco, ela entendeu o que estava vendo. Sua família inteira estava lá—todos os seus sete filhos com suas esposas e filhos. E, no centro de tudo, estava Rupert.

Jasper correu até ela e pulou. Felizmente, o empurrão a ajudou a encontrar a sua voz. "O quê? Como?" ela perguntou, incrédula.

Rupert deu um passo para frente. "Eu sabia o quanto você sentia falta deles, então, Adam os convenceu a vir, mesmo que só por algumas horas."

"Foi ideia do Bates," Adam complementou. "Eu só usei os meus poderes de persuasão como irmão mais velho, e ele fez o resto."

"Eu não consigo acreditar…" Ela olhou para o rosto de cada uma das pessoas que amava. "Muito obrigada a todos vocês!"

Eles a cercaram com abraços e beijos e desejos de boas festas. Ela amou cada segundo, principalmente a chance de passar algum tempo com seus netos. E, ao olhar para Jenny e Sarah, que estavam claramente grávidas, seu coração pulou de alegria com a ideia dos netos que viriam. Caleb e Alex e Ethan e Becca ainda não estavam prontos para ter filhos como seus irmãos, mas era apenas uma questão de tempo. E talvez, Adam também conseguisse realizar o seu sonho em breve.

Os aromas de dar água na boca do almoço de Natal encheram o ar, misturando-se aos sons de alegria. Ela desejou ter uma casa cheia novamente, e teve o seu desejo de Natal realizado.

Depois que Maureen teve a chance de conversar com todos, Rupert a chamou e perguntou se ela poderia ir até a varanda com ele. O ar estava frio, mas a varanda vazia tinha o silêncio de que ele precisava. Ela respirou fundo e expirou.

"Este foi o melhor presente de Natal de todos os tempos, Rupert." Ela o beijou e se aninhou no calor dos seus braços. "Obrigada."

"Bem, eu tenho mais um presente para você." Ele segurava uma pequena caixa nas mãos.

O coração dela pulou ao abri-la. Dentro da caixa, estava um anel de safira antigo. "Rupert?"

Ele se ajoelhou. "Você me daria a honra de se casar comigo?"

Tudo havia acontecido tão rápido, e ela esperou pelo disparo de um alerta, aquela voz interna que diria que eles estavam indo rápido demais.

Mas o alerta não soou.

Em vez disso, ela olhou para o homem à sua frente e respondeu, sem um traço sequer de dúvida, "Seria um prazer."

"Ótimo! Eu só gostaria que os meus joelhos fossem tão jovens quanto o meu coração." Ele resmungou ao se levantar, fazendo-a rir.

"Você não é tão velho assim," ela brincou antes de beijá-lo.

"Mãe, onde você—" Gideon os surpreendeu, ficando paralisado ao vê-los juntos. Seu dedo apontou para os dois, incrédulo. "Espere um pouco—você e o Bates?"

"Algum problema com isso?" ela o desafiou.

Ele balançou a cabeça e riu. "Não, nenhum."

"Que bom, porque eu finalmente convenci a sua mãe a se casar comigo."

Ela o cutucou de leve. "Falando assim, parece que você me pediu em casamento várias vezes."

"Na minha cabeça, eu pedi." Ele sorriu para ela. "Felizmente, você disse 'sim' da primeira vez."

"Vamos contar a notícia para todos." Gideon os conduziu para dentro da casa. "Ei, pessoal, o Bates e a mamãe vão se casar."

Gritos de parabéns se seguiram pelos próximos 10 minutos, mas a alegria que a preencheu no momento em que disse "sim" não poderia ser maior. Quando a emoção do momento se acalmou, ela conseguiu ouvir o som distante de "Have Yourself a Merry Little Christmas" novamente, mas desta vez, ela não quis se lamentar.

Ela estava tendo o Natal mais feliz que poderia imaginar.

Lightning Source UK Ltd.
Milton Keynes UK
UKHW041255101222
413716UK00003B/86

Lightning Source UK Ltd.
Milton Keynes UK
UKHW041255101222
413716UK00003B/86